無名子集

이 책은 2013년도 정부(교육부)의 재원으로 한국고전번역원의 지원을 받아 수행된 '권역별거점연구소협동번역사업'의 결과물임.

This work was supported by Institute for the Translation of Korean Classics - Grant funded by the Korean Government.

韓國古典飜譯院 韓國文集校勘標點叢書

無名子集 2

尹愭 著

李奎泌 校點

凡例

1. 이 책은 尹愭의 文集인 《無名子集》을 校勘・標點한 것이다.
2. 이 책의 底本은 韓國文集叢刊 第256輯에 실린 《無名子集》이다.
3. 原底本은 후손 尹炳曦 집안 소장본으로 異本이 없는 唯一本이다.
4. 底本에서 判讀이 어려운 글자는 原底本을 參考하여 判讀하였다.
5. 底本에 쓰인 異體字는 代表字로 고치고 校勘記는 달지 않았다. 代表字의 판단은 韓國古典飜譯院 〈異體字處理一覽表〉(2011)를 準據로 하였다.
6. 筆寫 과정에서 관행적으로 通用하던 글자는 文脈에 맞게 고쳐 쓰고 校勘記는 달지 않았다.
   例) 己 已 巳
7. 이 책에서 사용한 標點符號는 다음과 같다.

   。   疑問文과 感歎文을 제외한 文章의 끝에 쓴다.

   ?   疑問文의 끝에 쓴다.

   !   感歎文이나 感歎詞의 끝, 강한 語調의 命令文・請誘文・反語問의 끝에 쓴다.

   ,   한 文章 안에서 일반적으로 句의 구분이 필요한 곳에 쓴다.

   、   한 句 안에서 병렬된 語彙 및 名詞句 사이에 쓴다.

   ;   複文 안에서 並列・漸層・因果 등으로 긴밀하게 연결된 句節 사이에 쓴다.

   :   직접인용문을 제기하는 말 뒤 및 話題 혹은 小標題語로서 文章을 이끄는 語句 뒤에 쓴다.

   " " ' '   직접 引用한 말이나 強調하는 말을 나타내는 데 쓰되, 1차 引用에는 " "를, 2차 引用에는 ' '를, 3차 引用에는 「 」를 쓴다.

   【 】   原文의 註를 나타내는 데 쓴다.

   ・   書名號(《 》) 안에서 書名과 篇名 등을 구분하는 데 및 모점(、) 하위 단위의 병렬에 쓴다.

《 》   書名, 篇名, 樂曲名, 書畵名 등을 나타내는 데 쓴다.

___   人名, 地名, 國名, 民族名, 建物名, 年號 등의 固有名詞를 나타내
      는 데 쓴다.

▨   훼손된 글자의 자리에 쓴다.

目次

按《周禮》，司烜氏中春以木鐸修火，禁于國中，司爟季春出火。然則禁火爲將變火也。此先王重火令之意，而正百五寒食之時也。 自劉向《新序》有介山焚死之説，而好事者從而爲之辭，天下後世，皆靡然信之。 若然者，《左傳》及《史記》，何無一言及於抱木燔躬之事耶？ 又按"季春出火"註云"三月昏，心星見于辰上，使民出火"，蓋龍星木之位也。春屬東方，心爲大火，懼火盛故禁火，此所謂龍忌之禁也。後漢周舉乃云"太原舊俗，以子推焚骸，有龍忌之禁"，此又何也？ 聊附黜怪之義，以爲兩絶……53

無名子集 詩稿 冊四

昔在壬辰之亂，西山大師休靜杖劍進謁，宣廟命爲八道十六宗都摠攝。而率其門徒及他僧一千五百，會于順安法興寺，助天兵戰于牧丹峯，斬獲甚多。克復京城之後，以勇士百人，迎大駕還京都。宣廟有贈詩曰："東海有金剛，雄賢幾鍾胎？高名山斗仰，今世是如來。"又有御畫墨竹障子賜西山詩曰："葉自毫端出，根非地面生。月影雖難見，風動未聞聲。"休靜敬次曰："寂照非千世，虛靈豈入胎？金剛山下石，大小自如來。""瀟湘一枝竹，聖主筆頭生。山僧香爇處，葉葉帶秋聲。"弟子惟政等，以敎旨與衣鉢藏于頭輪山大芚寺，乃是入寂時遺囑云。當宁癸丑，因湖南僧上言，命西南道臣詳探事迹，許其建影堂賜額，南曰表忠，西曰酬忠，命官給祭需歲祀之。又親製序若銘，以甲寅四月八日揭于祠中。其七世法孫碩旻，以其韻徧請于士大夫，余亦敬和三疊……194

其身以來，以尾亂點四傍草。又連往來霑灑，草盡濕，火不得逼。久而後其人乃醒，見狗罷而死於傍，義而瘞之。】……229

士非爲樵也，而有時乎爲樵，蓋不得已也。彼業於樵者自幼至老，所事惟此。而若士則早歲種學績文，將以壯行，及其年衰而志倦，則混於漁樵，聊以優游卒歲。吾於鄭友致大見之矣。故名其齋曰晚樵，而爲余言之，余惜其老而憫其意之有符於余，乃貽以詩……254

無名子集

詩稿　册三

茅屋爲雨所壞歎

我生懶拙不自謀，桑土空美牖戶繆。
漢陽城東蝸牛廬，綯茅乘屋經三秋。
茅敗而碎綯朽絶，大風卷去小風抽。
況又漏濕多蟲蠧，踢鵲啄日未休。
今年淫雨古所無，連旬跨朔苦不收。
始憂穿塈床床漏，旋驚緣壁決決流。
老婢徒勞忙掘突，小兒無賴迭承甌。
半夜一聲若山塌，折棟斷楄漂樑桴。
土木狼藉隊相撐，老幼奔迸啼且愁。
村童對面爲盜賊，部官褒耳徒哄驅。
四顧茫茫失依庇，長天爲幕山爲幬。
雨脚如麻殊未已，高木送風增颼颼。
室人交讁鄰里慰，自憐衰翁拙似鳩。
此時銼煙三日冷，遑敢待晴謀葺修？
癡坐不覺頻發歎，默訟自取非怨尤。
聞道城中多被壓，我比此人猶爲優。
安得一世皆不貧，風雨長無破屋憂？

七月十六日龍山口占

林深人靜鳥鳴幽，霽色蒼然入小樓。

急雨似資秋得意，澄江解使客消愁。

地仍李白黃花飲，日是蘇仙赤壁遊。

安得二三同我志，携壺乘月上漁舟？

嗔鵲

鵲羽甚鮮耀，飛狓聲喳喳。

噪乾歸期占，鳴樹喜報誇。

寧似惡鷗鴉？殊異唾烏鴉。

然有害於人，則我不汝嘉。

行閒迹易潛，貌潔欲反奢。

庭磔養鷄雛，田啄種匏瓜。

竊肉與攫䜀，種種弊弗些。

惟其莫猜疑，所以難禦遮。

最是大患在，哀此草爲家。

貧人百事艱，經年茅未加。

滲漏土木湮，腐爛生蟛蛙。

爾來求之食，觜啄兼爪爬。

貪得足頻移，畏逐口無譁。

撥掘遍屋上，處處成凹窪。

畦畛劇高低，巖谷互嵖岈。

天乃大風雨，漏下勢如麻。

房奧茁草菌，廚竈產蝦蟆。

因而至傾頹，棟柱空杈枒。

一朝忽失所，咄咄羨彼蝸。

夜黑戒偸盜，身露怯蟲蛇。

苟求所以然，致此非若耶？

天地育萬物，戾氣眞孽牙。

毒害似蠆弩，凶鷙甚鬼車。

吾何負於汝，而使壞生涯？

傾覆豈其理？默念還長嗟。

所惡非似是，貌行有殊差。

占取靈吉名，軟語坐寒楂。

譬如人脩潔，其中實憸邪。

流害及無辜，虛譽非眞姱。

兒曹莫相饒，弓彈更杖撾。

鷄尨行

鷄啄睡尨耳中蚤，尨怒狺然欲噬鷄。

鷄驚而走還復來，尨輒逐去鷄上棲。

爲爾除害反遭噬，鷄若不止已粉韲。

鷄尨得失難具論，萬事茫茫春夢迷。

城中曉景【五首】

歷歷鐘聲三十三，城門初闢鬧行驂。
邏卒伴歸相笑語，今宵捕得幾毉男？

犬吠雞鳴漸覺繁，馬蹄人迹稍成喧。
料得城中多捷徑，幾人伺候傍朱門？

萬戶千門盡寂然，時聞人語在深邊。
燈光斜透廚扉隙，酒肆新篘粥肆煎。

大路如天廿四橋，月斜風細柳微搖。
煌煌列炬仍呵道，知是承宣趁早朝。

大星落落小雞鳴，茶媼醢翁競入城。
待鐘薶唱知應遠，更有樵群相和聲。

城中暮景【五首】

鞍燧纔過未及鐘，往來人客不從容。
暗中忽見平安報，紫閣峯頭列四烽。

紛紛人馬各西東，寒樹青山暝色籠。

鴉隊莫誇昏得意，會看東峀日輪紅。

淡月初升星漸多，樓臺處處起笙歌。
別有搖搖雲外響，太平簫弄駱山阿。

人稀街路市垂簾，煙霧深籠撲地閻。
惟有酒家遙可辨，紅燈揭戶是青帘。

華堂幾處煖鑪期，繡戶何人白馬馳？
最是整襟明燭地，咿唔滋味有誰知？

十月九日作重陽飲

陽月九日亦重陽，掇得黃花泛小觴。
霜清日暖多幽興，絕勝滿城風雨狂。

池上于今有鳳毛【抄啓文臣應製擬作】

赤霄毛羽下凰池，又是超宗起鳳詞。
鷺掖判花騰瑞彩，螭頭視草有威儀。
順風鴻翼才斯盛，耀日龍鱗喜可知。
爭道掌綸今趾譽，九苞丹穴異凡姿。

小苑城邊獵騎回【抄製擬作】

芙蓉苑外夾城隈，獵騎斜懸夕照回。
肩特[1]獸多空蹴踏，鬈偲人美擁環鈰。
蕭蕭響自靑山遠，歷歷影過粉堞來。
春樹新豐渾似畫，橫鞘意氣暨徘徊。

老人星【抄製擬作】

皇極徵南極，大星有老星。
餞朝光吐丙，賓夕影虛丁。
虞景堪相比，宋奎詎足形？
聖治躋壽域，留照萬千齡。

迎日推筴【抄製擬作】

陽升於下日輪移，回斡天機妙更奇。
理數交孚先效寶，神明幽贊更生蓍。
衣裳穆穆誠潛格，賓餞憧憧氣可推。

---

1 特 : 저본에 '牡'로 되어 있으나, 필사상의 오류로 보아 바로잡았다. '肩'은 세
  살 된 짐승이고, '特'은 네 살 된 짐승이다.

乾策握來臨寶位，離明應處賁祥曦。
丙丁躔耀方休運，己酉歲貞又朔時。
寶鼎躍河神笑出，珠旒凝殿瑞暉遲。
卽看迎日宜占候，可是紀雲驗測窺。
亞歲履長終復始，周天推笑應如期。
一千聖作嗟神智，二十星環可坐知。
天紀不差南至日，圜丘鼉鼓萬年斯。

冬日曉發

衆鷄叫遠店，寒樹出昌陵。
曙月難爲色，急灘不暇氷。
趙趄衝雪馬，黯淡渡橋僧。
却憶兒童歲，睡甘赤日昇。

歧路

行路苦多歧，歧中又有之。
欲南飜更北，由捷忽還遲。
駐馬看逾眩，逢人問亦疑。
迷茫終古事，誰得理棼絲？

臥雪偶占

雪深煙冷掩蓬門，臥想黌堂供士喧。
悔不當年拋擧業，終身却飽聖朝恩。

細雪

無端飄細雪，爲是近新春。
映日搖金屑，隨風碎玉鱗。
初非先集霰，更似自飛塵。
块軋陰陽候，何由驗得眞？

負暄

寒夜漫漫晚起慵，茅簷日上强扶筇。
負暄雖美無由獻，空望瓊樓隔九重。

臥雪偶成二絶

東城大雪壓蓬蒿，飢臥三朝閉戶牢。
鄰人錯比袁安宅，只是踈迂不是高。

坐看同年袞袞登，乘時變化似鯤鵬。
斯人豈必皆才德？爲是朱門世世承。

立春

赤斧山圖碧海濤，木公倦母送瑤桃。
春色九重先拜獻，餘波紫洞溢金膏。

大寒之後見陽春，天地絪縕一氣神。
蘇蟄萌枯誰比德？體元惟有聖君仁。

癸丑元曉偶成鳳臺律【二首】

昭陽赤奮著名稱，自古賢豪是歲曾。
右軍揮灑高蘭稧，工部文章降杜陵。
周天回甲知今幾？異代千秋尚可徵。
只恨老夫生苦晚，手摩新曆對殘燈。

行年半百又加三，默坐元朝却自慚。
香山麗什思先退，坡老春衫強大談。
性剛才拙羲皇臥，髮白顏蒼木石甘。
衰病生涯惟爛醉，朱門豈獨聖恩覃？

【羲之書《蘭亭序》，子美生年，皆癸丑。樂天詩有五十三合先退之語。子瞻詩有"白髮蒼顏五十三，家人強遣試春衫"之句。淵明書有"行年五十餘，性剛才拙，與物多忤。嘗北窗下臥遇涼風，自謂羲皇上人"之語。】

又記故事

三元令節最宜名，舊俗相傳樂太平。
栢葉椒花藍尾酒，柑黃韭綠膠牙餳。
桃符巧鬥銀幡艷，梅藥偏猜彩勝明。
經席獸尊丹鳳闕，幾人能奪幾人傾？

又成一絕

春風無那鏡中霜，強引屠蘇最後觴。
四十年前如昨日，此時此酒每先嘗。

人日上辛

上辛徵月令，人日值晴天。
聖主親祈穀，東方庶有年。
風謠殊美好，雲物自清妍。

尚憶貞觀帝，笑迎魏鑑賢。

《西淸詩話》云：劉克論子美"元日到人日，未有不陰時"之句曰：
"人知其一，未知其二。少陵意謂'天寶亂離，四方雲擾幅裂，人
物歲歲俱災'，豈《春秋》書王正月意邪？蓋東方朔占書，歲後八
日，一日鷄，二日犬，三日豕，四日羊，五日牛，六日馬，七日
人，八日穀。其日晴，主所生之物育，陰則災也。"
余讀之有感於古人作詩與論詩之法，不徒在於聲調、格律之間，
聊成一絶

《詩》後《春秋》見聖心，少陵《人日》歎恒陰。
俗子紛紛論格律，直須劉克始知音。

上元記故事

迎蛾卜繭答佳辰，唐宋遺風事事新。
挿柳門傍祈祭競，傳柑樓上笑歌繽。
霜輪寶斧三千界，火樹銀花億萬人。
五日金吾不禁夜，宣和同樂太平民。

又記東俗

東俗元宵不設燈，清光萬里一輪氷。
二十四橋楊柳影，笑他棚樹百千層。

又記東俗【四十六韻】

新歲遒旬五，　佳辰標上元。
漢唐遺事遠，　荊楚舊風繁。
蘇范恣吟賞，　蔡王託寵恩。
殊方多俚俗，　東國異中原。
不用張燈戲，　惟聞翫月喧。
踏橋卅四遍，　塡巷萬群奔。
放夜金吾啞，　臨朝玉旨溫。
垂髫仍戴白，　驅馬或乘軒。
處處笙歌匝，　人人笑語爰。
波分三輔屬，　雷動五軍門。
競向清流岸，　爭穿綠柳村。
奎章高藝苑，　壯勇首戎垣。
鬪靡新衣飾，　誇殷列戟旛。
絲哀兼管急，　風驟更雲屯。
曲愛嬌喉囀，　舞憐繡袖飜。
揀羞開寶盒，　煖酒瀉金樽。

富戶停輪軌，屠門喚炙燔。

豈皆文字飲？直以勢威尊。

盛世風流美，升平氣象存。

里閭何所事？俗尚又堪論。

厚薄徵宵月，陰晴卜曉暾。

迭呼兒賣暑，豫備僕修藩。

嚼膧栗生響，治聾酒不渾。

豎竿象積築，嫁樹指豐蕃。

擲枊三看繇，呼盧衆賭梟。

老翁偕婦孺，妙饌殺鷄豚。

汲井攘龍卵，環繩施狗蹲。

簷挑裁紙襪，路棄脫衣幡。

屋宇勤長箒，木綿被宿根。

飯蒸抅棗果，廟薦間蘋蘩。

餲飿新需爛，葑薇舊蓄煩。

飼魚沈角粽，抽繭祝蠶盆。

奴飽頻持斧，猧飢不除餐。

天方吐素魄，人盡待黃昏。

指點談禾麥，虔誠願子孫。

先觀登睥睨，羅拜陟山園。

炬火紛環列，夝人任曳掀。

紙鳶風引線，竹馬弟携昆。

度厄偏多術，迎祥細有言。

古風難屈指，流習孰探源？

幸值邊塵靜，俱欣聖化敦。

奔趨誰復禁？傳播遍無痕。

有客空彈鋏，如禽未出樊。

涔涔惟疾病，納納自乾坤。

採俗渾傷感，裁詩半吐吞。

聊思酬令節，好事庶相援。

【蘇子瞻、范至能上元詩最多，蔡君謨、王禹玉竝陪上元御樓宴獻詩。近日上元踏橋之遊，奎章閣、壯勇營最富盛。俗占上元月宜厚天宜晴。上元朝兒輩相"賣暑"爲戲。峽人修藩，以備虎豹。嚼生栗謂"嚼腫"。飲清酒名"耳明酒"。竪高竿上施藁蓋號"禾積"。以小石置果木枝間謂"嫁樹"。有柶占樗蒱戲。曉爭先汲井謂"奪龍卵"。環繩狗頸謂"辟蠅"。以紙裁襪樣插簷，棄領帨於路以禳災。長帚以掃舍宇，被木綿於宿根，置廁糞上，以祈綿豐。爲棗栗飯謂"藥飯"以祭。有餙飿陳菜。沈粽謂飼魚。抽絲謂"祝蠶"。俗謂人奴，是日食九椀，柴九擔。不與犬飯。月出則以方位及色占豐凶，願生子孫，登高向拜，列炬以迎。又爲芻人，群童曳蹴。又書厄於紙鳶，向月縱去。皆祈祥度厄，此類甚多。】

社日

草抽新綠水鳴灘，物物春來各自歡。

社翁雨後渾和氣，花信風時却峭寒。

鳥掀碎影跳梅下，鷄引長聲立柳端。

安得宴娛如古昔，家家扶醉夕陽闌？

【社日雨謂之社翁雨。我東俗無社會，只曆書有"春、秋社"字而已。】

貧家行

富家狗彘食人食，貧家人食狗彘食。
粱肉厭飫宜賤棄，糟糠不足每思憶。
恨我初非富貴相，胡爲不自食其力？
閉戶讀書五十年，忍飢受凍恒自克。
衰境一第還成窮，徒得明主賜顏色。
出無驢馬與人絶，不如草履走南北。
三旬九食顏種噲，不如饔堂趁朝夕。
子美誰肯惠一絲？相如只自歎四壁。
東隣貸粟長被嗔，西舍典衣還見塞。
鍋煮藜藿苦無由，日照苜蓿何可得？
欲傾弊篋遣婢賣，嗟無寸管與片墨。
縱使偶得一二錢，買取何物供饞喫？
溲取白泡豆滓䴱，窮盡濁醪麴皮黑。
飴媼煮出餘穀秠，油翁醡來留荏殼。
德色賣與貴如金，半是蟲蟻半沙礫。
富家狗彘寧食此？貧人惟恐緩不獲。
氣力漸覺成羸瘵，性命且欲延時刻。
客來怪我顏色惡，笑道紅紙豈此極？
默思此語不足異，室人亦復交徧讁。

丈夫生逢堯舜世，無才無德死何惜？

遣悶

孰云食無魚？而我初無粥。

孰云出無輿？而我初無屐。

強欲歌商聲，何能出金石？

天地一陽春，萬物皆自得。

鬱鬱花柳城，渠渠富貴宅。

玉盤羅綺饌，高馬耀繡飾。

莫歎獨困窮，其奈乏才德？

以此安命分，自甘無怨色。

前年值大歉，秋後民無食。

聖主徒憂恤，州吏任掊克。

遂令衆赤子，流離復塡壑。

饑饉仍癘疫，群聚以盜賊。

氣象多愁慘，聽聞日駭惑。

致澤顧無術，靜言我心惻。

【是時癘疫大熾，盜賊橫行，至有骨肉相殘者云。】

偶見村壁上有詩曰："多言眾忌少言癡，惡是人嫌善是譏。富則妬他貧亦笑，未知那許合天機？"不知誰所作，而蓋歎處世之難也。余閔其意，用其語而答之，以解其惑，又以自警

眾忌不如拙守癡，惡嫌爭及善逢譏。
與其見妬無寧笑，然後方知免穽機。

臥病無聊，偶效《三百篇》作三篇

南山有樗

南山有樗，北山有梧。
一陰一陽，載榮載枯。
誠不以材，亦秖以居。
【比也】

南山有櫟，北山有栢。
雨露攸澤，雪霜攸厄。
奈何乎天，其地實畫？
【比也】

南山有蓬，北山有松。
彼苗者葉，此短而叢。
人睹其春，莫知其冬。

【比也】

藹藹清陰，黃鳥好音。

人之聽之，如醉厭心。

有酒以斟，有詩以吟。

優哉游哉，我憂欽欽。

【比也】

維蘭之獨，在彼空谷。

或以其薪，不以其馥。

凡百君子，知而罔服。

誰昔然矣，蓋亦勿辱。

【比也】

【南山有樗五章。三章章六句，二章章八句。】

我辰

我辰安在？月宿南斗。

牛奮其角，箕張其口。

斗揭西柄，亦孔之疚。

【賦也】

睆彼牽牛，不可以服箱。

有捄之箕，不可以揚。

維南有斗，不可以挹酒漿。

【賦也】

三星在天，載施之行。
胡寧忍余？職勞不遑。
無善已聞，無惡已謹。
人乘其會，我獨斯寒。
哆兮侈兮，罹彼噂沓。
惟爾之故，俾我不合。

【賦也】

倬彼奎壁，爲章于天。
載錫之光，牖彼佼人。
伯氏仲氏，塡箟如貫。
車馬殷殷，衣服粲粲。
有酒如池，有肉如坻。
君子所履，小人所視。

【賦也】

東有啓明，西有長庚。
載先載後，曾莫之貞。
其光落落，如相爭矣。
其名赫赫，如相傾矣。
監亦有漢，黃道縈之。
自古迄今，日月經之。

【賦也】

謂天蓋高，臨下孔邇。
苟曰不然，伊于胡底？
饑饉薦臻，散無友紀。
職盜爲寇，人肥于己。
哀此惸獨，大命近止。
舍旃舍旃，尚亦有理。

【賦也】

【我辰六章。二章章六句，四章章十二句。】

鷄初鳴矣

鷄初鳴矣，維其喔喔。
有美君子，及時以學。

【興也】

鷄再鳴矣，維其喈喈。
有美君子，朋友與偕。

【興也】

鷄三鳴矣，維其膠膠。
有美君子，畫以繼宵。

【興也】

【鷄初鳴矣。三章章四句。】

寒食日戲占

寒食古稱禁舉火，海東風俗未曾然。
頗怪吾家緣底事，邇來三日竈無煙。

**按《周禮》，司烜氏中春以木鐸修火，禁于國中，司爟季春出火。
然則禁火爲將變火也。此先王重火令之意，而正百五寒食之時
也。自劉向《新序》有介山焚死之說，而好事者從而爲之辭，天
下後世，皆靡然信之。若然者，《左傳》及《史記》，何無一言及於
抱木燔躬之事耶？ 又按"季春出火"註云"三月昏， 心星見于辰
上，使民出火"，蓋龍星木之位也。春屬東方，心爲大火，懼火盛
故禁火，此所謂龍忌之禁也。後漢周舉[2]乃云"太原舊俗，以子推
焚骸，有龍忌之禁"，此又何也？ 聊附黜怪之義，以爲兩絶**

誰言寒食爲之推？ 今古相傳摠好奇。
遷謬左浮猶不說，何緣劉向獨聞知？

司烜中春火禁修，分明經制自姬周。
世人信聖不如怪，龍忌浪言介子由。

---

2 周舉 : 저본에는 '焦擧'로 되어 있는데, 《後漢書》와 《荊楚歲時記》에 근거하여
바로잡았다.

寒食記故事

新晴百五供遊遨，熟食佳辰强飲醪。
粥香杏酪參精飧，餳白榆羹佐棗餻。
催花風送鞦韆遠，潑火雨添蹴踘豪。
最是樂天詩泣客，紙錢春草郭門皐。

清明記故事

爟氏奏功烜氏歸，新烟新茗映新衣。
碧蹄踏草憑嘶走，繡羽衝花得意飛。
槐火石泉分夢境，棟風梅雨驗玄機。
一年佳節商量得，最是清明賞莫違。

清明日陰雨

清明之日不清明，魂斷行人雨滿城。
問是校非斯世界，天公何獨實符名？

洗心臺【謹賡御製韻四首】

迥出世塵上，惟聞山鳥喧。
綠臺留御榻，紅藥接宮園。
恰攬風光浩，都歸體勢尊。
徘徊不能去，日暮更開樽。

昭回章倬彼，一洗衆啾喧。
宇宙風雲會，都城花柳園。
頌騰東國聖，祥睹北辰尊。
近侍多才俊，賡歌醉玉樽。

巖臺高可射，軍馬靜無喧。
綠柳千官位，紅心百步園。
鼓頻知聖武，崛屹仰嚴尊。
歲歲春光裏，均霑內賜樽。

尚憶去年事，新恩鼓樂喧。
天晴陪法駕，花發賞名園。
世族紆殊寵，詞臣近至尊。
駑才空悵望，猶似飲衢樽。

洗心臺邂逅樂歌，口占贈之

哀絲豪竹媚青春，偶爾相逢酒數巡。
自是江山閑者管，不知誰主又誰賓？

重三記故事

魏後用三不用巳，季春佳節擅風流。
羽觴洛水周詩逸，鼠筆蘭亭晉迹留。
鞋共踏青仍祓禊，席分斟綠各嬉遊。
樂園宰爽曲江麗，歲歲香車與綵舟。

登第周歲，始爲槐院揀擇

籌司設座揀槐院，吏導升堂拜相公。
踰年更作新恩服，白首羞隨妙少叢。

始得承文正字差帖

差帖新成紙半張，銓曹署押印煌煌。
權知正字承文院，九品銜兼從仕郎。

榜中年過五十者，例陞六品，付軍職司果，只虛銜故俗稱虛司果

屈指居然半百餘，功名白首問何如？
經年六品虛司果，唱榜一番假注書。
雲路誰誇馳駿馬？竹竿堪笑上鮎魚。
邇來漸覺聰明謝，只恨此心日負初。

洪氏園紅梅下飲

洵美洪氏園，乃在雙闕西。
倚賴華嶽尖，錯磨終南低。
天作自然臺，清曠四望齊。
粉墻繚其邊，忘却臨峻堤。
喬木鬱森爽，嚶嚶好鳥啼。
疏慵劇愁辛，隨意還杖藜。
主人與我好，良覯手共携。
春色滿芳甸，佳氣使人迷。
朝市沸紅塵，何得此幽棲？
杏花風飄雪，杜鵑雨成泥。
中有大梅樹，絕勝桃李蹊。
蘂破裁紅綃，蒂凝綴丹珪。
酒暈上玉肌，霞光籠彩霓。
誰將萬赤珠，密播巧無倪？

又疑紫府丹，換骨超甕醯。
百卉失顔色，何異鳳中鷄？
玲瓏甚照耀，頸脰勞眄睇。
自是天香然，其如國艶奚？
繞枝向晴昊，圍坐芳草萋。
淸詩散瓊琚，綠樽傾玻瓈。
樹下舞白鶴，賀君子兼妻。
度外九陌上，紫騮驕長嘶。
顧慙蓬屋姿，朝籍通金閨。
休言鎩雲翮，自多展霜蹄。
春知靜者性，隨處慰寒凄。
薰風拂烏匼，絳氣引攀躋。
天橫醉後參，開顔外畛畦。
調羹異日事，且待其實兮。
綠葉與靑枝，無乃調格睽？
索笑折花當，聊爲《綠衣》題。

洪氏園紅桃與松樹並立爛開

紅桃倚靑松，長短恰相等。
偃蓋盡意鬱，靚粧照眼烱。
色色互映發，枝枝競遒挺。
虬龍奮以鬐，蜂蝶鬧其頂。

光景自奇絕，遊人劇酩酊。
偃蹇與富貴，分外還交迕。
往往霜柯間，一簇錦蘂熒。
得非勢有然，無乃意不肯？
我來當晴昊，微吟更煮茗。
滿城皆若狂，正義誰相訂？
容氣判嚴媚，性味殊炎冷。
風霜搖落後，始知相去迥。
【偃蹇與富貴，一作豔姿將勁節。】

上巳遊北渚洞

蘭亭千載後，暮春歲癸丑。
麗日屬上巳，芳辰携好友。
城北東流水，石上清瀏瀏。
羽觴波綠蟻，屈曲隨湍走。
詩文傲今古，談笑溢左右。
隔岸笙歌起，投壺迭勝負。
桃花滿眼舒，色之以綠柳。
深紅映淺紅，霞蒸亘原畝。
人家極瀟灑，夾溪開竹牖。
怳入武陵源，自疑是漁叟。
騁望暢幽情，緬想永和九。

未知逸少會，亦有此樂否？
斜日蕩林梢，光景萬千糺。
坐久還移席，壺乾更呼酒。
齊言興未已，欲起時被肘。
兒童走復來，喧說終在口。
閑僻兼富貴，玆遊誠難朽。
名區本無主，世事復何有？
嘗聞沂雩詠，聖師喟然取。
嘐嘐願學志，不恨沒藜莠。

春雨數日不止

頗覺春霖早，庭泥惜落花。
霏微時似霧，飄忽更如麻。
白日忘黃道，青山失紫霞。
連雲多宿麥，兆象問農家？

吟飢【三首】

昨日賣髮帽，今朝典氅衣。
都將身上物，暫救目前饑。

出門無所適，入門苦多愁。
吾身是吾有，何事不自由？

揚目黔敖粥，據手狐父餐。
古人重節義，不以一死難。

贈陸景執【允中】

古來勤苦雪兼螢，吾友文章有典刑。
聖眷獨超齋進士，時人皆羨享官廳。
寧憂寶玉光埋璞，會見扶搖水擊溟。
芳草流鶯多好料，詩成倘許老夫聽？
【景執以進士觀光親臨到記科。上命製進百首四六日三首。時享官廳，不
許齋儒居接，而景執獨居之。】

贈黃龍兮【德正】

不見黃生久，眞成鄙吝萌。
偶然逢着處，知是計偕行。
瘦想吟詩苦，名增對策榮。
衰年畏離別，且莫促歸程。
【促一作戒。時上命抄關東功令生試取後，令道臣賷送京城，又親策試

取。】

只由謠【二十首】

買之土成金，賣之錦爲褐。
借問緣何然？只由飽與渴。

人藿勝如肉，我醴不以漿。
借問緣何爾？只由炎與涼。

貧賤雪加霜，富貴花添繡。
借問緣何然？只由害與佑。

寶玉悲三刖，駑駘騁九衢。
借問緣何爾？只由抑與扶。

原貧季聚財，跖壽顏無命。
借問緣何然？只由邪與正。

讀書心非義，無學行出人。
借問緣何爾？只由僞與眞。

淑美怨終風，闒冗侍金殿。

借問緣何然？只由讒與薦。

花發千年槁，碑轟一夜雷。
借問緣何爾？只由傾與栽。

地醜榮枯殊，事均賞罰異。
借問緣何然？只由傲與媚。

他人路傾蓋，親戚越視秦。
借問緣何爾？只由富與貧。

勤耕腹每枵，浪戲身長樂。
借問緣何然？只由強與弱。

譎欺恒得意，誠信乃遭疑。
借問緣何爾？只由公與私。

朝菌語晦朔，斥鷃嘲鵬翼。
借問緣何然？只由夸與惑。

呼雞失鷺鵞，釣蟹漏吞舟。
借問緣何爾？只由暗與柔。

暴虎忘昨傷，結轍尋前覆。

借問緣何然？ 只由忽與慾。

隴廉蹴子奢，鉛刀高莫邪。
借問緣何爾？ 只由揚與遮。

己詐責人誠，爾瓊博我瓦。
借問緣何然？ 只由機與假。

韶與鄭交奏，紫將朱混施。
借問緣何爾？ 只由蔽與欺。

理有不可徵，事有不可例。
借問緣何然？ 只由時與勢。

心虛我自知，天高君莫籲。
反復雖萬端，都由命與數。

起毀謠

東陌毀高臺，西街起大宅。
物理有盛衰，世事劇變易。
起者甚得意，毀者良可惜。
我問其隣人，欲言先歎息。

起者且莫驕，毀者厥初亦。

膏粱好妙年，淸峻流輩伯。

十三智練達，十五聲輝赫。

十八大闡科，二十階列戟。

出入承恩遇，冠蓋日雲積。

五侯同時封，刺史列郡借。

南藩與西府，着處浚膏澤。

聯薨鬱極目，高樓浮百尺。

什物皆胡倭，几案渾金碧。

中堂坐神仙，笑言頗啞啞。

臨花嗜飛閣，却寒深畫壁。

炙手手可熱，瞻聆潛動魄。

一朝運忽去，簡書見遷斥。

高居鬼瞰室，難拒幽明迫。

有財不能齎，有酒不能喫。

棟隆變撓凶，遺墟成陳迹。

後車隨前覆，荒哉綺紈客。

峻宇粉其墙，連車寫木石。

層疊彩翬影，絢練賀燕翮。

一椽不中意，垂成還復擘。

但恥欠壯麗，豈惜黃金擲？

東舍朝賤買，北屋夕威獲。

跨洞復亘壑，曲通以附益。

行人駐足看，過客吐舌嘖。

豪奴彈長纓，鞭叱誇奕奕。

朱輪簇高門，布衣遭逐螫。

誰能答故舊？且不顧親戚。

飲酒領歌舞，圍棊鬪黑白。

丈夫意氣豪，可以延千百。

達者傍觀笑，人事難睹逆。

倚伏理不常，盈滿神所責。

況今歲歉荒，黎民糠粃窄。

不念致澤義，誰復有清識？

側耳聞此語，俯仰悲宿昔。

顧余飢愚人，羸老偶散策。

願將起毀景，圖致大夫簀。

盤松行

夕陽樓下有盤松，白雲棲宿碧苔封。

奮戟交戰赤甲犀，偃蓋反走蒼髯龍。

廣布柯葉蔭百畝，其高不過數仞墉。

四面周密無一缺，翠幕闊張千萬重。

松栢之性本孤直，爾獨胡爲作此容？

根株擁腫務奇怪，枝幹屈曲露鬢鬆。

雨雪慘裂苔蘚皮，經綸鬱抱輪困胸。

橫空蔓延勢未已，或怒而奔還喜逢。

有時不禁升騰意，一條孤撐出奇峯。
若非種類別有受，無乃造物神其蹤？
清風灑面若微霜，往往如聞碎濤洶。
開筵張樂雄其下，響震枝葉相撞舂。
地勢又得擁畫簷，天籟自然發黃鍾。
雲開巨巖紫煙集，月出寒山晴影濃。
憶昨倦遊駱山椒，驚問此物何所從？
麟趾公子得之燕，培土東來細如葑。
爾來老大數百年，坐見霜榦橫復縱。
扶持豈非神明力？栽植堪羞桃李穠。
陰崖蟠踞幸得所，肯受斧斤相侵攻？
大君祠屋長隣近，子孫愛護宜敬恭。
枝頭箇箇柱以擎，承之維何石芙蓉。
對此懷古仍發興，却使老姿起疏慵。
遺迹還似成都栢，遠物寧比大宛笻？
爲君更看歲寒操，老枝雪壓千年冬。

觀燈賦長律【八十韻】

佳節隨時樂事宜，張燈從古上元爲。
唐遊最盛虹橋步，漢制肇垂太乙祠。
宣德樓前棚百尺，上陽宮外樹千枝。
魚龍曼衍開金鎖，鶻鴿回旋擁繡旗。

羅眼萬窓粧錦綵，玉虹千隙縐花絲。

東方自異中原俗，四月還須八日期。

浴佛舊辰傳梵竺，漸民遺敎昉羅麗。

漢陽八萬有餘戶，燈夕尋常趁此時。

縛木十圍渾務勝，竪竿百丈尙嫌卑。

桂枝粧出風車岦，翟羽束來赤幟隨。

彩閣空中《霓曲》恔，金莖雲外露盤嶷。

旌森萬幕風俱掣，海簇群檣紼互持。

丹闕仰瞻爰府廨，朱門特揭又蓬茨。

前期已睹繁華象，鎭日皆稱盛大儀。

向市最堪先翫賞，懸燈無數極新奇。

細施巧手嗤毛順，妙運神機陋伯倕。

高品愛憐深待價，下流奔衒利爭錙。

有時拍掌噱遊客，隨處瞠眸驚小兒。

色色形形眞詭怪，叢叢雜雜劇離披。

揉篁削杻成胎骨，糊紙裁繒飾面皮。

象取杯棬戕杞柳，術傳黃澤鬻鞭椸。

樣無不有難皆數，名各相殊孰徧知？

南北東西方照應，靑黃紅紫朶彰施。

粧粘眩視交輝映，稜角隨宜細剪垂。

間架密排成節目，風神頓聳似髻顐。

貧人只貿微些品，富戶恒傾百萬貲。

四面窓花雕綺縠，幾層檻蘂刻瑠璃。

自然機栝紛回轉，特地景光倏變移。

躍馬勇夫趨虎豹，張弓獵戶逐麏麛。

奔騰勢急爭環繞，隱現光翻互幻欺。

更造沐猴資戲笑，還將芻俑鬥妍媸。

鳶飛人走傳輪子，草舞木招學偃師。

金母星冠騰彩鶴，仙翁風袂駕青獅。

朱欄碧瓦相磨映，垂柳繁花迭蔽虧。

盆列瓜茄兼柿柚，砌開桃杏與榴梨。

金排壽考康寧字，繡遍和平祝願辭。

月桂寒梅爭燦燦，風蘭脩竹共猗猗。

七星北斗分璣柄，八卦後天按地維。

搖蕩旱船遙似泛，轉旋風鼓不勝危。

長橋匹馬如雷電，赤壁千艘奮虎羆。

却借妙摹紛照耀，盡輸元氣濕淋漓。

懸壺美酒疑斟酌，側扇清飆想颯吹。

大號西苽常表出，小依方蒜遂名茲。

可憐斗屋無長物，買用一錢掛短籬。

錯落千珠俄眩瞀，勻圓萬顆忽參差。

銀鵝引頸誇毛羽，金鯉閃鱗怒鬣鬐。

紅菡叢中橫碧藕，綠楊嫩處坐黃鸝。

何來彩翅探花蝶？怪底華池曳尾龜。

殫竭眾才要易售，搜羅萬象舉無遺。

齊紈魯縞裁粧細，蜀碧越丹色彩資。

木擁纏維迷地步，紙翻旗漾照天涯。

安排圈套頻升降，細數兒童續綴麋。

待得黃昏時節到，忽從黑窣熒煌滋。

二三四五初猶記，十百萬千奈漸彌？

火樹重重眞委積，銀花累累自差池。

洪爐撥炭揚輝爍，玄竈鎔丹散陸離。

競視明昏占吉悔，多將蠟燭代油脂。

林梢隱映知孤閉，闤闠通紅晃九逵。

氣括山河爭睹瑞，影蟠霄漢敢逃魑？

月羞淡白徒爲爾，星混精光莫辨之。

不夜城開仁壽域，長春國溢太平治。

金膏玉燭朱明節，寶暈祥炎頌禱詞。

蒸豆餅槐隨地樂，洞簫水缶逐家嬉。

廣通街上鳴鍾際，廿四橋頭逝水湄。

隊隊相携諸俠少，紛紛競出各衙司。

奎章學士衣裝麗，壯勇將軍駿馬馳。

翠釜素鱗羅鳳髓，清歌妙舞馱蛾眉。

催宵玉漏惟嫌短，禁夜金吾莫敢誰。

可是良朋能典酒，更兼才子解吟詩。

心將景會非人識，境與神謀若自私。

高阜騁眸移坐數，和飆拂面步歸遲。

赤城紫洞流光耀，彩霧彤霞圍皞熙。

奏樂散花聞釋佛，闢昏出日見包義。

如非聖世安無警，焉得風光盛若斯？

燭地照天明不極，奔星落月夜何其？

老夫幸值優閑境，每歲頗興懶拙姿。

試出蓬蒿期火舉，强扶藜杖撥年衰。

貴豪誰識飢幷日？末俗堪嗟急競錐。

抗疏風稜欽諫浙，隨波藻繢戒遊睢。

休思身外無窮事，且覆掌中大白巵。

聞親知逐日射會，而病不克赴，詩以寄悵

南營會又北營會，粉鵠靑蛾逐日歡。

荷麓病夫飢獨臥，榮枯咫尺古今嘆。

病瘧口占

瘧來孰可忍？熱炭戰寒氷。

隔日搜脂髓，失眠困鬱蒸。

檢方嗟莫驗，潛隙亦難能。

安得斷江水，顓兒無所憑？

【俗傳顓頊有不才子三人，一居江水爲瘧鬼，故末及之。】

《西清詩話》云：有病瘧者，子美曰：“吾詩可以療之。‘子璋髑髏血糢糊，手提擲還崔大夫。’”誦之果愈。此可謂鬼亦畏詩。然子美詩云“瘧癘三秋孰可忍”，又云“三年猶瘧疾”。然則獨畏其詩而不畏其人耶？抑好事者爲之耶？余亦爲小鬼所困，詩以嗔之

髑髏提擲血糢糊，一誦雄辭瘧已無。
小鬼畏詩不畏杜，三秋却被苦邪揄。

五月五日記故事

標名端午節天中，古昔相循俗異同。
長命縷成金繭繪，辟兵繪繞繡囊紅。
賜衣進鏡傳唐制，投粽競舟想楚風。
剪鴝養他能語性，羹梟期以去凶功。
艾花百索粧銀鼓，玉臼後房搗守宮。
孝感曹娥黃絹妙，兆成宋捷綠樽崇。
胡公葫愧田文戶，王鳳父慚鎮惡翁。
詩諷古今知白直，帖伸規諫見歐忠。
《尙書》深寓蘇威意，獨獻堪奇李泌躬。
賀節題封勤杜老，酬時酩酊可陳公。
蟾蜍六日芝何用？蠅虎餘風豆亦雄。
桃印赤靈符篆詭，天師瑞霧畫圖工。
雜絲條達縈雙臂，五色粉團射小弓。

翠釜蘭湯溫曉浴，香襠草色鬭朝叢。
艾人艾虎門釵遍，菖酒菖葫飲帶通。
角黍千家菰裹米，錐菱九子玉黏筒。
鬃舽油綵鼉車疾，紅繡文綃鳳扇豐。
摠爲辟邪成俗習，非關懸法致熙隆。
五兵消德誰能講？千古承訛竟莫窮。
故事只堪資檢攷，一詩聊且詔兒童。

又記東俗

鞦韆自古在寒食，東俗天中乃設之。
怪底殊方風習別，張燈亦異上元時。

又記卽事

良節五月五，兒童採菖蒲。
煮葉沐其髮，裁根挿其顱。
數節又多歧，端端塗以朱。
楣上何所有？神印赤字符。
辟邪消五兵，何必粽縈菰？
陰陰槐柳園，鞦韆忽有無。
男女各相伴，去賭一場娛。

【數音促】

伏日

伏藏金氣三庚中，磔狗四門創德公。
盡日應閑青瑣闥，避炎誰噉碧荷簞？
詼諧割肉聞方朔，驕貴雕氷想國忠。
肯效熱行襡襪子？羔羊斗酒樂無窮。

次李聖安《守正齋》韻

正中吾道萬千年，《大易》由來在畫前。
宇宙幾人能獨守？山河一氣自相連。
須知日月懸無外，可是松筠稟得全。
貞操出塵君却保，此心元似鏡明圓。

次梅花詩軸韻【二首】

第一春光雪裏枝，興臺桃李敢爭時？
縞衣去後留顏色，夢覺清樽落月窺。

疏影橫斜竹外枝，氷姿羞共百花時。
天香國艷清高節，戲蝶遊蜂不敢窺。

幽居【三首】

清風入老樹，疏雨過青山。
蕭灑草堂上，幽人午夢閑。

人閑流水上，樓迥百花中。
山鳥飛還下，煙深細雨濛。

臨池老樹立，擁腫枝相樛。
白鳥飛應倦，時來坐上頭。

擬古【十六首】

唐黍苖而長，亭亭仰之卓。
小草生其間，不量強欲學。

大鳥緩以進，小鳥駃而迅。
迅者一時先，緩者千里振。

時雨沛然下，百卉皆欣欣。
可憐簷底草，孤立葉如焚。

桃李凋零後，薔薇與牧丹。
等閑籬下菊，人作蓬蒿看。

匏生屋壁下，欲蔓無所扶。
誰能一舉手，插枝引其鬚？

葟麻似梧葉，唐黍如竹林。
聲影雖髣髴，真假詎相侵？

池魚駭釣鉤，走向深處匿。
須臾聞餌香，畢竟來吞食。

蚊蝱利人肉，奔來冒蛛絲。
蛛喜正急縛，旋又遭殲夷。

有桃蕡其實，成蹊日紛繽。
自從摘盡後，不復見一人。

鵲來鳴喳喳，家人喜報吉。
只是不知中，雞兒減日日。

瓜生遭挫折，入秋傍生蘗。
雖欲花而成，其奈迫霜雪？

佳人好染爪，愛此鳳仙花。
六月花未盡，拔之棄路叉。

小兒學迷藏，兩目手以掩。
自謂能隱身，不知人指點。

群猧意親好，相與齧蠅蚤。
忽得一小輄，鬪噬欲碎腦。

鷄伏鴨卵啄，將護如己兒。
遇水爭入浴，呼之不肯隨。

群童巧嘶氷，峯巒秀而攢。
置之軒砌間，將作炎天翫。

七夕

昨日洗車今日淚，人間化作雨相連。
鵲橋龍駕傳曾久，駿女癡牛事豈然？
九孔針穿五色線，七襄機罷三更天。

方圓一歎均終古，子美遺詩子厚篇。

又記故事成長篇

皎皎河漢清欲瀉，離離瑤草綠堪把。
河西牽牛參俱出，河東織女氏之下。
一水脉脉遙相望，被譴何年兩分張？
一年一度恩命侈，七月七日佳期當。
鸞扇開時龍鳳駕，虹橋成處烏鵲忙。
風吹百和月九微，跂彼七襄不成章。
洗車雨晴桐葉飄，翕欻靈氣茲辰良。
九萬層空事有無，世人瞻仰候神光。
酒炙祈請走兒童，針線拜乞紛女娘。
錦綵結樓高百丈，妙曲通宵動清商。
庭中鋪得磨喝樂，花果餳餌羅馨香。
銀針穿月誇奇巧，蟢子網爪報吉祥。
白屋公宮習俗均，玉梭金鑷想荒唐。
此事終古孰真見，詩人文士記頗詳？
杜老托諷女未嫁，柳子發願圓鑿方。
河鼓天孫各分躔，會合何必秋爲常？
仙家是日多靈異，不獨槎上尋源使。
子晉白鶴緱山笙，王母青鳥承華輲。
方平亦鞭五色龍，蔡經家中麻姑戲。

豪士有才輒自負，傲弄塵世曾不愧。
郝隆便腹曝經笥，阮咸長竿曬犢鼻。
未能免俗亦脫俗，俗人見之應唾棄。
白氣奕奕粧亭亭，朱裳絳節臨誰庭？
長生殿裏笑別淚，蔡州筵中幻流星。
漢唐遺事摠鄙碎，曳月揚風小人態。
張王羅李詞徒巧，未若梅翁言不悖。
君臣夫婦同一理，丈夫齟齬多感慨。

自鄉歸，遇雨口占

違心事事命仇謀，歸路間關奈百憂？
纔入城闉天又雨，更添中道迫昏愁。

自嘲

曾攜筆硯代犁鑱，六十功名自不凡。
宣略將軍司果秩，成均典籍議郎銜。
隸人連日恒無影，朝報斜陽始請監。
公故有時催曉夕，裁書鄰巷借青衫。

遣悶【三首】

朝出畏草露，晚出畏炎熱。
人生行路難，徘徊不自決。
美人隔天端，消息久斷絕。
我欲從之往，水深山巉嶭。
年光冉冉去，忽已鳴鶗鴂。
歎息將奈何？ 長歌徒激烈。

生貴少年子，挑達在城闕。
櫪上多逸蹄，肯復顧凡骨？
自倚能騎生，江山入超忽。
快意多所辱，決隄終一蹶。
唇裂板齒失，眼觸烏珠突。
憤懊羞見人，傍觀亦嗟咄。
不如跨款段，緩驅無倉卒。

秋月倍精神，秋風極蕭瑟。
欲乘清光遊，觸寒恐添疾。
復欲閉門臥，良辰惜易失。
樹影滿空庭，天機自疏密。
霜露微有光，時聞鶴響逸。
有琴空自撫，有酒誰與匹？
柴門絕剝啄，長嘯獨抱膝。

與蔡台【弘履】夜拈韻同賦

幽居步屧近，何必勝遊遐？
樓迥常雲氣，庭空獨月華。
世無須舊友，吾幸寓鄰家。
笑視傾樽酒，欲忘暮景斜。

又

攤書愁對一燈青，隨意登樓月滿庭。
山遠煙凝疑老樹，池平風靜倒寒星。
深杯許我頻相醉，清詠非君誰與聽？
良覿通宵仍不寐，疏林無謝繡為屏。

又

淡契忘形意轉親，尋梅步月況良辰？
還將百拙難諧世，不用一錢却買隣。
玄草寥寥隨素性，青雲袞袞屬他人。
病從深酌真吾事，鏡裏那愁白髮新。

又

不勝良夜興，還欲百層登。
星月精神逞，乾坤灝氣凝。
狂吟催進酒，癡坐厭呼燈。
清景應無主，明朝更速朋。

賣荷麓宅有吟

非賈非農老轉疏，秋登不免賣蝸廬。
嗟無范子生塵甑，謾羨張華載籍車。
桑下尙紆三宿戀，城東況是十年居？
家人莫歎長飄泊，只有身心却自如。

借宅寓居

有客長貧賤，無家却借居。
徘徊三畝地，收拾一床書。
此計誠非久，何時得遂初？
祗應明月夜，林影自扶疏。

搬移

搬移辛苦復蒼黃，來往西城十里長。
賣盡家藏還省力，失他野趣却難忘。
丈夫須有資身策，天下終無救急方？
逆旅乾坤都是寄，素行隨分且何妨？

自典籍遷宗簿寺主簿

老去宦情薄，人生行路難。
成均纔典籍，宗簿又郎官。
秖自悲華髮，還堪愧素餐。
病妻何所識？傍坐笑鮎竿。

入直宗簿寺

宗正寺幽絕世囂，川聲雲影日蕭蕭。
璿源譜牒垂千古，寶閣奎章刱兩朝。
天低慶會樓邊樹，路遶東園殿後橋。
長奉舜歌兼禹畫，臨風疑是聽《韶簫》。

又

建閣設官法制詳，地清任重不尋常。
琳琅奪目宸章煥，鉤索通神御墨香。
糾檢宗英仍勸課，撰編譜牒又修藏。
更生舊業今難復，儤直多慙主簿郎。

又

今之宗簿古宗正，宋閣龍圖又更兼。
美制徒然餘舊錄，此身還愧聖恩霑。

又自嘲

朝受吏參夜報更，墨關朱印也縱橫。
可憐虛景還無益，十日何曾一盞傾？

直中無聊，聊寄歧川【卽蔡台弘履，自號十六窩。】

閑司盡日少人過，愁對苔庭返照多。
仕欲爲貧嗟晚矣，心雖猶壯奈衰何？

苦難行處尋常債，却憶清宵十六窩。
案上膽規看亦懶，秪應欹枕夢南柯？

贈人覓眼鏡

老夫平生癖於書，焚膏繼晷恋卷舒。
抄膽又作蠅頭字，細入毫芒日無虛。
嘔肝弊精券三彭，揩昏拭曉崇五車。
直至于今五十年，矻矻豕亥與魯魚。
邇來漸覺視茫茫，每對牙籤還欷歔。
一點一畫幻二三，千看萬看愈赵趄。
寶鑑埋塵孰更磨？玄花滿地無由鋤。
縱欲收拾志勵壯，其奈遲暮心負初？
有時發狂欲大叫，眼明少年爭笑余。
巧思誰創雙圓鏡？玻璨瀅澈青天如。
不勞金篦刮膜翳，能察秋毫同薪輿。
朝暮若令置几案，寶愛奚翅獲瓊琚。
我欲求之不可得，世人兼蓄徒深儲。
煩君爲覓西洋品，免教眵昏送三餘。

雨後風

雨後寒威怒北風，長聲直撼玉皇宮。
無數烏鳶渾得意，飛來飛去滿蒼空。

贈十六窩【卽歧川】

令公十六遷，自號十六窩。
我亦屢遷者，厥數符無訛。
所居又同閈，鞋杖頻經過。
共論襟期素，相憐鬢髮皤。
品花從深酌，乘月和清哦。
頓忘寄公愁，何異碩人薖？
人生貴相知，世事一任他。

詠宗簿寺庭中枯松

有松纔有體，無葉亦無枝。
千尺今安在？十圍已半欹。
根株初善托，年代有誰知？
非不栽培好，寧貽斧鋸危？
古今生必死，物理盛還衰。

却羨櫟樗壽，同歸蒲柳姿。
雪霜應抱節，冠佩邃虧儀。
椿蘗曾無異，棟樑竟孰施？
不勝橫拆裂，猶得倒撐支。
黑溜年年雨，白紛面面皮。
直容何處看？偃蓋使人思。
虎攫雄威悅，龍顛淚血垂。
依俙却走狀，髣髴後凋時。
草卉凌心腹，蟻蟲占窟基。
蒼髯徒夢幻，赤甲却然疑。
折拄團成戶，孤褰奮似鬐。
鳥危雙坐白，風竅萬殊吹。
屈曲形無定，枝梧立不宜。
物傷成朽敗，人翫作新奇。
有客興歎惜，呼兒寫一詩。

中秋記故事

中秋端正月，終古表而稱。
望夜皆圓滿，今宵最潔澄。
暑寒時有適，金水氣相承。
此理良宜辨，前言果足徵。
過河蟾耐蹙[3]，搗藥兎存恒。

碾遠輪應弊，行孤馭可矜。

《霓裳疑羽曲》，仙桂悅霜稜。

吳質能無怨，孀娥想自懲。

妙盤雕白玉，瀅質斲清氷。

大地情歡喜，衆星色戰兢。

芳輝嬌四騁，素魄迥孤凝。

直欲天停繞，誰敎海送升？

徘徊光皎潡，泛灩氣揚騰。

七寶仙才借，六丁帝命膺。

陰晴同萬里，歡苦異千層。

霱血陳追詠，吹雲晏遽興。

齊筵傳絶唱，禁宴撤明燈。

擲杖隨公遠，觀濤指廣陵。

周生忍取去，趙子快携登。

銀界開金餠，璇宮豔玉繩。

白鸞因道士，紫笛幻神僧。

烏鵲南枝匝，蝦蟆匹練仍。

文簫綵女駕，漢使海槎乘。

中的歌韓愈，隔年惜禹偁。

廣寒高孰構？屛翳蔽堪憎。

樓夢驚圖畫，幔亭爛綵繪。

衲窓飛轍否，溢浦望鄕曾。

---

3 霱：저본에는 ‘蕽’으로 되어있으나, 전사상의 오류로 보아 바로잡았다.

銀闕舡應洗，金錢事可膽。
半分時序正，高照範圍弘。
遊賞今時迨，清奇古傳憑。
飆輕埃堨滅，露皓潔華增。
滿目看飛鏡，開樽速好朋。
不眠還亦可，欲罷顧安能？
先我坡翁獲，瓊樓寒不勝。

重九記故事

年年九月九，佳節號重陽。
鳳律名無射，龜書數有當。
天高雲廓宇，木落露爲霜。
璇月揚斜影，金風發暮商。
物華楓又菊，農事稻兼粱。
所以人遊賞，迨茲日吉良。
洲鴻流遠響，杯蟻滕輕香。
棗栗蒸紅餌，茱萸佩絳囊。
禦寒良莫究，辟惡果誰詳？
祈壽風由漢，宴寮令肇唐。
蓬萊欣受橘，桑落詫綏羌。
戲馬臺空曠，商飆館杳茫。
登高成習俗，爲客望家鄉。

李白龍山飲，杜鵑鶴寺粧。

嘉忘烏帽落，陶喜白衣忙。

南主金盤侈，宋朝玉醴將。

詩籌鶴樓敞，雲幕樂園張。

髮短愁芸叟，山危淚草堂。

王郎千首燦，崔氏兩峯蒼。

陳憶西風冷，韓誇晚節臧。

賜書勤魏帝，度厄驗長房。

舊摘期搖蕩，遙臨引故常。

吟傳有美會，燕想蔣陵岡。

壯志推明允，天才愧子章。

捲簾人似瘦，窺閤客追傷。

可耐無錢對？ 秖要有酒嘗。

牛山淚太俗，糕字題何妨？

百過終朝好，數枝滿鬢芳。

酒酣人衣袷，野闊稷登場。

插朶行隨衆，整冠笑倩傍。

花開時卽是，月改興還長。

可厭疏風逼，況逢冷雨滂？

妙詞聞伯可，好句憶潘郎。

從古多吟醉，于今亦放狂。

自憐千丈白，忍負幾叢黃？

縱乏驚人語，且傾對客觴。

十月朔記故事

十月丁初吉，舊風亦可觀。
禮家拜墳謹，富戶煖爐團。
蒸裹成山俗，燋糟萃楚柈。
佳辰應最是，秋後未冬寒。

冬至記故事

仲冬冬至理宜諳，至義由來蓋有三。
陽氣始生陰極北，春心初動日行南。
黃鍾律中群源是，緹幔灰飛密候堪。
剝盡復來常道屆，泰回否往妙機函。
芳芸柔荔時爭應，臘柳寒梅意摠含。
樂奏圜丘諧鼓舞，笑迎寶鼎費推探。
青臺細細書雲物，黃道駸駸量日驂。
履襪千家騰頌禱，衣冠萬國效朝參。
閉關息旅先王制，報本推源昔哲談。
紅線挨添宮掖女，赤糜厭勝共工男。
火城鳳闕威儀飾，仙畫龍燈翫賞耽。
萬戶千門雷半夜，大音玄酒月澄潭。
結蚯解鹿隨潛氣，霜鶴雲鴻帶遠嵐。
燭理發詩朱邵挺，舉觴嘉子顗嵩慙。

昭蘇萬彙均興奮，熙皞八方共樂湛。
廷尉淚垂丹筆對，東陽仁洽黑縲覃。
履長納慶由周漢，亞歲迎祥祝祖聃。
儀述藻華曹子抃，杯殊鄉國杜陵酣。
終而復始天惟幹，短乃爲長理自涵。
臂發莫言方凍蟄，陽春行看始耕蠶。
堯階新化頒蓂莢，夏筐遺儀貢橘柑。
玉岸繡紋分苦樂，不勝惆悵臥茅庵。

冬至雨

大雪之後無小雪，冬至雨如夏至雨。
老農相傳有占驗，只恐來歲多愁苦。
雪時則雪雨時雨，然後方敎四海舞。

歲暮吟

歲暮北風刮膚剛，仰視天色寒靑蒼。
殘司鎖直如龜縮，但聞群雀噪空廊。
我家西城作寄公，縱沾寸祿猶遑遑。
兒孫啼號婦無褌，默念四壁堆冰霜。
同僚自是內閣選，騰踏不顧如飛黃。

有時法駕百官隨，右位取便來相搶。

寺吏奔走要暫避，齋宿還借下隸房。

東家貰馬西家服，或恐生事通宵忙。

明日還復持被入，朝暮傳餐多嗟傷。

人生須趁少年貴，莫作老來空郎當。

臘日記故事

臘字亦多義，臘名亦多更。

臘日亦互迭，歷代有章程。

禽獸取狩獵，新故在交接。

大祭以報功，歲終乃聚合。

嘉平標夏世，清祀著殷葉。

周制建大蜡，漢興爰改臘。

臘以享先祖，蜡以索百神。

同日而異祭，宴飲縱吏民。

五行皆有終，丑未與戌辰。

王者體其德，隨時異盛衰。

盛祖衰則臘，占日遞變移。

至後第三是，遇閏四爲期。

八蜡會萬物，禮儀肇伊耆。

嗇農畷猫虎，防庸及昆蟲。

息老歇《豳頌》，土鼓動淵淵。

赭鞭鞭草木，嘗聞太古風。

百日澤一日，燕樂乃勞農。

子貢譏若狂，義大非爾知。

明日卽初歲，秦後舉賀儀。

始皇復舊號，何用紛更爲？

茅昇謠里童，楊缶和趙女。

石湖春藏瓦，細陽恩開囷。

殺黃竈上祠，投椒井中禳。

瘦羊甄博士，伏獵蕭侍郎。

藏鬮曳嫗喧，薰肉人士忙。

誰罷紫宸朝，多尋雪梅香？

竊食過知仁，逐邪戲爲虐。

萱柳驚節物，管罌下脂藥。

七寶爭送粥，百倀先驅儺。

奇祥說三白，田公笑且歌。

賢哉延年母，仁矣范氏子。

黑貂憐獨飲，陳咸能知此？

劉家戌之日，而今恒在未。

內局和妙劑，紛紜餉富貴。

承雪水共酌，調丸金以衣。

飛走肝俱白，辟瘟願嘗味。

豪家宰兔猪，俠兒射鳥雀。

烹魚相與樂，却笑窮寂寞。

暖遙或凍消，雲蒼倏歲昏。

土風寧不殊？故事尚有存。
幸際昇平世，穩過月十二。
恨乏佳節酬，詎謀良夜醉？
凍吟呼兒題，聊以寓談戲。

靡室

靡室寄人東又西，長看迫促更提携。
甲第連雲皆逆旅，不須獨歎我棲棲。

無題

有馬借人乘，聖猶歎今無。
有宅借人居，末世豈易乎？
人皆廐有肥，我獨老而徒。
人皆門容車，我獨寄而孤。
斯乃分之宜，自顧堪盧胡。
蹤寒世看醜，性拙志謾愚。
踽踽天地間，自信其於于？
歲暮行路難，抱膝但長吁。

客燕

春城客燕故飛飛，未定新巢底處依。
高閣畫樑非不好，世人只是捲簾稀。

有感

日隱鳥聲急，風高天色蒼。
可憐蔀屋裏，幾箇潛悲傷？

除夕記故事

日窮于次星回天，將迓新年餞舊年。
無那堅蛇難繫尾，生憎羲馭太揚鞭。
先鐘響畏金鷄唱，分歲杯愁綠蟻傳。
選倀驅儺鼕鼓際，抹糟帖馬竈門邊。
禮遵餽別收隨勢，愛欲縈維守不眠。
餳果飣盤兒輩競，屠蘇待曉少年先。
秦遊賭博歡呼白，漢戲藏弸鬥弄拳。
爆竹雷霆驚惡鬼，燒盆暖熱藹祥煙。
點燈廚戶消虛耗，然炬麻藟照野田。
如願打灰潛祝貨，賣癡繞巷不須錢。

唐宮畫燭凝仙樂，隋殿沈香熾甲煎。
金薄圖來神燕妙，朱泥印處鬼丸鮮。
梅迎新蘂風光稍，桃換舊符節物遷。
添齒一宵童喜甚，思鄉千里客悽然。
羊羔拊缶眞堪樂，酒脯祭詩却可憐。
櫪馬林鴉騰暮景，椒花栢葉爛華筵。
祝君曹子先擎酒，別友蘇翁悵逝川。
氣改顏衰催暗裏，斗斜燼落覘樽前。
異同風俗難幷記，憂樂人情各自牽。
終古光陰如許度，戲拈凍筆遂成篇。

除夜自歎

此夜送迎問幾巡？公然五十四回春。
人情自惜生仍老，天理長看舊更新。
默念一年多懊悔，其如明日復因循？
從他白髮垂雙鬢，只幸身爲聖世民。

甲寅元朝宗簿寺直中

孤寺寥寥舊闌隈，正元鎖直亦堪哀。
寒蹤縱老人誰敬？微職徒糜念已灰。

前日笑看兒輩戲, 今朝羞對吏曹來。
新詩近久因愁廢, 却爲排愁強自裁。

今年王大妃殿恰躋五旬, 惠慶宮恰躋六旬, 稱慶陳賀於元朝。而鎖直未與蹈舞之列, 下懷缺然, 形之於夢

殿宮躋壽慶無前, 元日千官進賀箋。
傐直微臣還獨阻, 終宵夢繞五雲邊。

立春日戲賦

年年長貼立春詩, 棲屑如今無所施。
癡心欲寫靑天紙, 高掛桃都第一枝。

遣悶【二首】

短歌能激烈? 長嘯獨棲遲?
薄俗徒爲爾, 誠心孰有之?
世間無足怒, 身後不容私。
三省垂明訓, 子輿儘我師。

緝翽自謂得，涼踽獨何爲？
態巧鳴黃鳥，心閑曳綠龜。
嗜深機已淺，言信俗還疑。
白髮存公道，不如抱拙規。

遣悶

丈夫幼而學，壯欲行其道。
格君致勛華，陶俗躋熙皡。
囷以寵居功，翩然乃告老。
終古所罕睹，此事豈不好？
然有大不然，生世苦未早。
朋黨旣擠陷，地閥又較考。
迹孤視秦越，情密酬紵縞。
闒茸躐清顯，英傑愁枯槁。
有如大鐵限，彼此分白皁。
一步不可移，況論展素抱？
伊傅當此時，同腐負霜草。
恨不蚤緣畝，徒羨稼穡寶。
又不學工商，坐令頭須皓。
讀窮謾勤苦，身名竟潦倒。
雖欲爲貧仕，何以軀命保？
稚兒事啼哭，老妻劇愁惱。

棲屑莫奠居，寄人似戍堡。

不勝衣食憂，奚暇詩禮討？

着處招侮辱，靜言多悔懊。

安得十畝桑，衡門長歸浩？

建除體

建寅回斗柄，除舊迓新年。

滿酌樽中酒，平吟案上篇。

定排知有命，執守愧希賢。

破甑何須顧？危舟且莫先。

成材因素性，收效在蒼天。

開口飜成悔，閉關可草玄。

八音詩

金張許史若雷霆，石粲高歌孰遣聽？

絲愕年來垂鬢白，竹憐冬後繞階青。

匏樽興味頻斟蟻，土室經綸每拾螢。

革帶孔移何足惜？木奴恨未及衰齡。

回文體【二首】

閑人幽屋架層巖，細路穿來簇檜杉。
山繞鳥聲泉繞石，斑斑紅藥落輕(雨＋彡)。

多開花處少人行，倚杖惟聽好鳥鳴。
歌舞謾誇爭富貴，何如果忘樂平生？

晝眠

春宵易曉晝難昏，庭樹無風百鳥喧。
新覺午眠猶閉眼，微聞碓響遠山村。

哭沈憲之【名師章，嘗自號是春窩。】

憶曾隨意叩柴門，淡契超然在不言。
六六探春成靜癖，三三開徑謝塵喧。
古心古貌嗟君死，同閈同庚獨我存。
安得若人敷教化，坐令一世薄夫敦？

三五七言

花濕雨，柳搖風。

壯夫悲髮白，嬌女惜顏紅。

莫拋酒政兼詩令，且幸時和又歲豐。

偶成

逢春乃自得，天地物無微。

潑潑俱歡意，紛紛各妙機。

蜂銜鵑藥鬧，雀啄杏花飛。

麗景宜流水，風雩誰詠歸？

立春記故事

歲弊功成臘，天晴斗建寅。

琯葭候最密，玉燭節還新。

盛德方回木，佳辰是立春。

東郊先太史，天子帥群臣。

鑾輅青旂迓，農壇翠璧禋。

雲翹飄舞影，《陽曲》弄歌唇。

大本勤躬勸，太和驗氣臻。

土牛環仗擊，綵燕上釵均。

甕裏謀三亥，盤中對五辛。

青絲憐妙手，白玉想奇珍。

餅繭紅香割，荼茸紫辣繽。

釀醅柑色燦，饋睍韭芽陳。

寬大漢書下，箴規宋帖申。

實遵行慶惠，寧忽布恭仁？

體運來三省，洗心暨八垠。

彰賢經義斷，行獄衆冤伸。

料峭東風起，氤氳德意純。

豎幡飄錦綵，賜勝耀金銀。

寶字騰瓊殿，花枝出紫宸。

賦詩催禁院，歸第詫簪紳。

何敞伴儒吏，曹松詠越人。

芒兒廳作讖，虛閣句如神。

看鏡楊謀醉，憶梅杜感辰。

卽今徒想像，往昔已前塵。

唐帝儀光史，坡翁句絶倫。

恩波歌聖世，幸作太平民。

元日旣以短律記故事，復申長律

新歲倏來舊歲飆，三朝三朔亦三元。

禮行上日虞儀盛，心洗嘉辰漢詔溫。

育物對時先后務，禳凶迎吉俗方繁。

度山飼虎羅茶壘，桃梗畫鷄遍戶門。

迹遁山臊驚爆竹，火燃虛耗繼燒盆。

鍾馗夢寐應感，如願糞堆倘有魂？

逐頌椒花延淑氣，隨銘栢葉照初暾。

屠蘇後飲衰年歎，葦索先懸少輩喧。

村禮擎來看綵勝，宮花剪出笑銀幡。

膠牙一楪餳頗妙，藍尾三杯酒不渾。

長樂初儀肇慶賀，開封新制試弓鞬。

舞繩漱霧魚龍戲，鳴佩峩冠鶬鷺奔。

疑難實令探奧義，宴歡猶必導忠言。

博通獨奪丹螭席，鯁直誰開白獸樽？

楊惲仰天缶自拊，欒巴救火酒遙噴。

《籍田》奏頌詞何贍？木屑布廳事不煩。

元后陳咸心可質，劉嘉趙世罪宜論。

犴開淄縣曹稱聖，鳩獻邯鄲簡示恩。

熊遠能憂塵大教，陳逵殊欲正眞源。

腥羶罷燕羞中國，傑休趨庭樂至尊。

壽酒三聲騰盛禮，火城十里擁高軒。

獄同李杜杯從小，詩讓白劉誼有敦。

安定五辛酬節物，孟堅一賦揭乾坤。

新符捻映曈曈日，愁詠偏生寂寂村。

杜老飄零悲歲色，梅翁酬唱響詞垣。

青陽輝散憐初建，白屋寒多喜稍暄。
語送延祥鄰俗好，醪斗辟惡古風存。
老夫未學前知術，今歲風波問幾番？

人日記故事

月正七日是人日，歲後茲辰最令辰。
收雨綻雲風習習，浮陽披凍水粼粼。
柳條弄色鶯嫌雪，梅蘂飄香鳥報春。
荊俗尚傳金鏤勝，晉風誰記綵為人？
畫門朔日知先始，貼帳今朝定有因。
栢葉隨樽驚節物，銀幡歸第寵簪紳。
高門造繭千官卜，纖手傳羹七種新。
白水紫山悲濩落，匣琴佩劍洩輪囷。
魏徵託契恩褒重，高適題詩句語神。
妍取梅粧帝女壽，巧餘椒頌臻妻陳。
登高斛蟻吟閑趣，煮菜鞭牛醉老身。
筆繼《春秋》劉會意，思深花雁薛沾巾。
董勛禮俗相談笑，方朔占書孰見親？
蓬鬢江湖休引興，自傷書劍老風塵。

上元既以短律記故事復申【三十韻】

新年新月正團圓，佳節上元自古傳。

太乙漢祠昏到晝，上陽唐宴盛無前。

張燈流俗由來久，出海淸光謾自娟。

奏樂闍維知佛力，雨花摩喝見僧緣。

虛無梵竺何須說？照爛牙籤乍可編。

龍走鴿旋五嶽戲，豹丹鳳白九華燃。

常春殿上金鳧漾，宣德樓前寶馬鞭。

安福歌淸聯袂調，廣陵虹駕五雲仙。

樓棚繪綵光生結，珠玉金銀響動懸。

妙思誰如毛順巧？幻才偏與葉師專。

五枝燈樹眞爲貴，千炬燭圍各自賢。

擘笛李摹偸逸曲，隨妃力士豫華筵。

金吾放夜喧紅陌，璧殿吟詩對翠巓。

鐵鎖開時騰鼓舞，銀花合處匝風煙。

下元更與中元竝，三夜仍兼五夜連。

挿戶楊枝風自楚，祠門膏粥俗通燕。

火蛾迎氣資祈頌，麵繭帖官驗後先。

樓上柑傳邀貴戚，街頭餳賣賭銀錢。

開城鎭蜀張籌勝，宴客奪關狄凱旋。

惡少感恩寧犯法？伶人戲聖幸繩愆。

風流罪過傾油刼，鯁直言辭諫浙篇。

蠶室有神禱細細，漁陽肆志鼓淵淵。

王兒機警尋家返，楊老詼諧得卜顚。

誰見紫姑傳好事？爭裁花蝶樂逢年。

龍燈鶴猭詞頗妙，鳳輦鰲山句最妍。

酒罷使君情感舊，奴鞭公主勢熏天。

蔡因同樂揄揚盡，李是善人寵諭宣。

詠俗石湖煩不厭，望京商隱興遙牽。

秦、蘇和韻斯奇矣，貧富留題尙喟然。

獨我東方惟翫月，踏橋探勝馬群穿。

社日記故事

社爲后土左於宮，下及鄕村祭祀同。

元日命民徵《月令》，共工有子驗《風通》。

時維戊吉經分擇，配以稷神設壇崇。

春詠《載芟》祈歲事，秋歌《良耜》報年功。

栢松栗異三王制，午未酉殊後世風。

傳誦曰脩兼曰柱，敬尊稱母更稱公。

秦祠何意同禳狗？晉禮偏行始振蟲。

五色土宜封建遍，九州霸想惠波洪。

鷄豚里閈歡騰洛，羊彘枌楡禱繼豐。

方朔詼諧言可取，陳平均宰志還雄。

殺豬據律張司錄，罷燕悽鄰魏孝童。

餕飯盡歸諸貴院，葫蘆競遺外甥叢。

戲庭婦女停針線，鬪草兒孫亂綠紅。

誰道眼開花壓帽，已教心喜酒治聾？

載車舁甕賓斯盛，下瓦傳神俗轉工。

學士齋宮詩自笑，拾遺田舍興難窮。

和風暗藥知花信，靈雨新泉識社翁。

貐豕白醪吟蕩蕩，布衫紫領句颯颯。

娛神急鼓楓林下，扶醉斜陽柘影中。

百祀九農功又德，夾鍾南呂始還終。

笑聲渾繞千尋櫟，涕淚偏憐北塞鴻。

狉柵雞棲村氣象，麥苗桑葚化熙隆。

他時騎竹今朝老，一笑盍簪萬事空。

社日如今無社甕，古風那復見吾東？

寒食日復以長律記故事

冬至纔過一百五，佳辰寒食孰初云？

蠟烟謾詠漢宮暮，龍忌豈緣介子焚？

馬謬《左》浮猶寂寂，盧詩劉序獨齗齗。

仲春司烜經垂訓，末世流風怪欲聞。

澆酒逡成唐代制，燒錢渾上夏畦墳。

聲分歌哭人情別，節近清明物色殷。

潑火雨晴原草識，催花風動陌楊欣。

禁煙三日詩齋冷，熟食千秋客思紛。

裝輿煮桃喧洛豫，揷門折柳遍淮汾。
楡羹杏粥靑精飯，餳酪棗䬫白水芹。
蹴鞠競馳金絡馬，鞦韆爭送茜紅裙。
曹公曉俗明條罰，周擧移風作吊文。
娥妬蝶羞俟吐氣，烏啼鵲噪郭揚芬。
許民徐守驚飛雹，賜冷唐朝宴五雲。
繡轂靑帘留惜暮，飛毬香騎醉侵曛。
張王悽切歌堪淚，沈宋飄零句不群。
走馬濮陽當路主，半仙天寶太平君。
蘭陵士女紛行拜，白帝風花強飮醺。
燕點鶯嬌村景弄，江淸草碧客愁分。
我東頗喜初無禁，冷節何須諭說勤？

淸明日復以長律記故事

桐始華時萍始生，暮春令節是淸明。
梅花風後楝花又，炬氏禁餘爟氏更。
燕語鳥啼村樹老，春光湖色客船橫。
時當改火天機斡，節過藏煙物色淸。
紫陌紅塵嘶叱撥，綠楊深院聽黃鸎。
順陽唐宋頌楡柳，感物歐蘇詠粥餳。
崔護奇緣題句續，楊生樂事祭祠行。
鬪鷄堪笑明皇癖，憶友空留鄭谷情。

新火新茶成雅會，芳花芳草滿春城。

石泉證夢寥師送，白打分錢上相迎。

一樹來禽頗作意，千家雲騎盡揚聲。

海棠枝下黃昏怯，翰苑燭來異數驚。

臥草王公風管度，分燈魏野曉窗晴。

人生幾看東欄雪？今古難忘後世名。

畫閣秋千垂柳影，孤舟風雨暮潮鳴。

衝花繡羽思騎竹，飛絮青帘促倒舤。

白鳥窺魚資趣適，老翁携稚樂升平。

芳辰惆悵臨風處，羨彼閑閑十畝耕。

上巳日復以長律記故事

風光正屬暮之春，令節最稱祓禊辰。

除疾用巫周化國，秉蘭續魄鄭遊溱。

漢前上巳風相襲，魏後重三俗更因。

取義蓋言祈介祉，臨波也欲潔其身。

羽觴曲水公城洛，心劍金人鬼識秦。

幄幕馨香樂園上，綺羅車馬曲江濱。

聽琴太學韓文妙，揮筆蘭亭晉體神。

束哲摯郎爭可決，郭虞徐肇語無倫。

梁商《薤露》驚先兆，夏統歌章聳衆賓。

積石天池嗟壞亂，鍾山僚宴但因循。

長安妓樂錢龍會，河朔賓徒薄洛津。
華顗善談殊袞袞，榮瞻遙拜亦彬彬。
姻隅蠻語憐羈迹，金谷罰籌照後塵。
鞋履踏青修有禮，杯樽斟綠亂無巡。
天晴原上喧豪客，日暖水邊簇麗人。
涼主序詩還自得，杜陵寫景信堪珍。
裴公逸興言難盡，白傅清篇畫得眞。
盥濯東流由習尚，遊嬉春日作經綸。
綵旌黃繖張能艶，玉澗金溝庾不貧。
紅蘂巧將錦繡襯，嬌鶯忽與管絃親。
宮娥翠渚紛簾幕，秘閣西池集縉紳。
麗日芳年人似海，春心醉眼草如茵。
惠連郊野携朋去，沈約瓶缶鼓瑟繽。
尚友老夫猶有幸，昔時天氣又今新。

心培哀詞【四十首】

從古有生死，吾何哭汝爲？
至情根父子，欲忘自然悲。

聖世躋壽域，人多享期頤。
汝年纔廿一，如何止於斯？

長安富貴家，子弟競繁華。
爾獨生寒寠，蕭蕭長歎嗟。

而父甚迂疏，苦乏資身策。
嗟汝亦何辜，長時糠粃窄？

友道今世無，寄食多恥辱。
斯豈汝所欲，亦豈我所欲？

冠巾敝未改，鞋履穿難着。
生世須臾間，無時志氣廓。

靡父汝何怙，靡母汝何恃？
父母今俱存，汝獨何處止？

學業與科場，靡不隨汝兄。
汝兄今在此，汝獨何處行？

結褵⁴纔三朞，情愛殊不薄。
留妻作靑孀，汝獨何處託？

語笑或戲爭，時時與二妹。

---

4 結褵：저본에는 '結褵'로 되어 있으나 전사상의 오류로 보아 바로잡았다.

二妹今不離，汝獨何處在？

汝出家若空，汝歸犬亦喜。
胡爲去不顧，使我如將俟？

汝志不草草，功名思及早。
雖未必可期，孰謂弱冠夭？

十八及廿一，發解大小科。
遂乃止於此，借問理則那？

我以門運悲，人爲吾黨惜。
只是蒼蒼天，憎余罪戾積。

數汝年輩人，亦旣多抱子。
身後更無痕，碩果孰云理？

秋闈定已久，月日汝所知。
何不隨汝兄，蓄銳以及時？

我直宗正寺，汝曾頻往來。
常如見其入，胡爲竟虛哉？

汝有所親友，時來到我家。

何不出迎接，坐臥以笑謔？

汝有所嗜味，時或供汝床。
置之雖終日，胡爲不一嘗？

汝有所讀書，滿案堆塵蠹。
卷裏尙有籌，何不畢其數？

粉板汝習字，亦以做擧業。
云何近日來，棄置不復接？

昔我夢有吉，汝亦多壯夢。
誰知茫昧中，飜爲鬼所弄？

紛紛推數者，皆言汝命好。
得非面譽人，無乃理顚倒？

人皆背論汝，骨相應夭椓。
誰肯向我言？至今猶未覺。

我昧命與相，所恃惟剛氣。
汝病未甚危，猶以此自慰。

他日設科時，坌集諸儒士。

汝獨何處去，使我忍見此？

聽鍾元宵月，登高八日燈。
汝今何處去，使我悲不勝。

藥有試不試，到今皆遺恨。
苟有一失當，是我使汝困。

送春兼送汝，是眞大限不？
早知有定命，視醫如視讐。

嘗聞他人病，臨絶語如常。
汝何嬰怪疾，譫妄便如狂？

吾言汝不省，汝言吾莫知。
阿誰亂其神，不使接一辭？

我聞有神仙，樓臺極縹緲。
倘汝遊其間，得無愁杳杳？

我聞有陰司，此說果然否？
倘被役使繁，汝弱奚堪久？

人言水在地，我意烟消風。

此疑終不釋，此恨終無窮。

爾曾無隱吾，今何問不答？
雖欲一切忘，我心奈沓沓。

誰將一塊石，投我胸膈中？
雖欲借酒力，磅礴不可融。

誰將五色花，翳我眼膜際？
雖欲借鏡明，霧暈不可霽。

汾津梧林山，是吾父母墓。
葬汝其下邊，魂魄庶依附。

汝本性多畏，昏黑不獨行。
空山風雨夜，能無怯且驚？

已矣千古別，永無相對期。
何不來入夢，暫更接容儀？

哭子詩【五首】

青山埋白玉，嗚呼迹已滅。

痛哭裂青山，山裂胸亦裂。
飛鳥爲我號，流水爲我咽。
昔哲亦喪明，逆理良酷烈。
季子達理人，嬴博仍永訣。
死者應無知，生者長鬱結。

人生在世間，室家而衣食。
貧富窮達間，孰非各自得？
一朝乘化逝，冥漠無所識。
斂之三寸棺，瘞之青山側。
凄凉邃塵土，萬古無終極。
送者自崖返，寧不心慘惻？
誰將南面樂，强欲寬胸臆？

天地有晝夜，草木有榮枯。
人生豈不死？此理良非誣。
夜必有時晨，枯亦逢春蘇。
人死不復還，到此一何殊？
所以送死者，悲啼且寃呼。

生長老病死，此是當然理。
胡爲有短折，使父哭其子？
上天至仁慈，何不均彼此？
我欲訴于帝，明詔司命氏。

有生無不壽，百年以為紀。
然後死則死，誰敢怨逝水？

芳蘭敗不秀，美玉碎成棄。
終古此恨多，志士為涕泗。
諒非天地理，無乃化翁戲？
所以莊周說，鼠肝與蟲臂。

擬古【二首】

雨霽風翛然，千樹萬樹涼。
樹葉翻而反，一一皆生光。
長空掃浮雲，白日照四方。
品彙各自得，聖人與物昌。
日聞無聲樂，何必來鳳凰？
高歌以擊節，千載空渺茫。
願言一披拂，與子將翱翔。

幽蘭生空谷，蕪沒雜蕭艾。
叢葉雖不榮，芬芳終未沬。
偶被識者見，採之佩襟帶。
但幸得此中，焉知有其外？
幾箇舞風露？無數藏雲靄。

不復人愛玩，猶自香掩藹。
萎絶亦何傷？從古無可柰。

蝴蝶

蝴蝶雙雙飛，空庭春日烘。
細腰何輕薄？粉翅極箕弄。
若非韓憑魂，無乃莊周夢？
似爲花句迎，或被鶯捎送。
蜻躁欲伴侶，蜂忙可伯仲。
暫坐何嘗定？旋起忽添衆。
可愛草連堤，但願花滿洞。
無語底經營，學舞太佐傯。
栩栩復扮扮，眩耀難折衷。
悅如多情近，還疑有意諷。
將去未忍訣，欲訴誰因控。
且乘一春氣，殊非衆鳥狃。
分外蟬高樹，不羨燕畫棟。
莫笑斥鷃籬，何異醯雞甕？
閑中助幽興，屋角復晴哢。
使渠領春風，浩浩酒一中。

松上桑

宗正寺中松，枯立幾春秋？
枝披仍腹敗，撐拄空殼留。
兒童土其間，偶然供戲遊。
鳥雀銜桑葚，飛來任啄投。
得雨萌而茁，枝葉菀彼柔。
忽如楊生稊，繁陰宛清幽。
又如蟬蛻皮，降焉幻走虯。
吾觀松與桑，不翅風馬牛。
如何正直姿，變爲荏染流？
榮枯倏相反，氣象遂不侔。
蒼髯今安在？女條還堪羞。
寧能高拂雲，不如斷棄溝。
時運遞循環，造物有意不？
傍人謾叫奇，移席向欄頭。
假託焉能久？歲寒應始愁。

白鷺歌

有鳥有鳥名白鷺，如雪之白如素素。
朝飛木覓山邊雲，夜宿景福宮中樹。
借問宮樹枝幾許？枝枝千百不知數。

疑是初平亂石鞭，又如漢王三軍聚。

遠望不能辨頭尾，近看始覺翩毛羽。

吳宮鼓懸飛應隨，陸子扇潔色相妒。

斜風任他割村煙，細雨依然生野趣。

阿誰喚作篁棲號？有時閑引碧溪步。

歲久踏着枝穢枯，也更移占他樹住。

流影幾點散初暾，整隊群聲喧日暮。

莫言外潔心非仁，鮮衣妙人猶奸蠹。

解道屬玉水滿塘，令人長憶昔人句。

園中有桃杏

園中有桃杏，園外有欂櫟。

桃杏足愛憐，欂櫟本疏逖。

栽護費人力，擁腫乃天錫。

園中極鬧熱，園外殊寥闃。

以此富貴容，笑彼長寂寂。

春風二三月，玩花多白晳。

招邀命酒肉，歌舞和笙笛。

人人爭折取，枝條爲蕩析。

於人自好賞，在木豈不慼？

及至結子後，未熟恣摘喫。

兒童最相守，群聚巧搜覓。

或打以竿木，或投以瓦礫。

青葉落狼藉，嫩枝紛披劈。

其下自成蹊，其上漸似滌。

盡而後乃已，蕭蕭如霜荻。

雖非遭斧斤，何異碎霹靂？

假使終天年，猶難久閱歷。

況又自貽患，歲歲被侵擊？

回看園之外，蒼翠山雲冪。

只緣材無用，遂致靈由弔。

枝密風生籟，葉繁露自滴。

超然是非場，大壽延巧曆。

天道儻如許，智者宜怵惕。

寄語醉夢地，畢竟誰從適？

偶成

潦倒居然兩鬢霜，蕭蕭孤寺倚書床。

青天去鳥迷雙白？綠野眠牛宛獨黃。

杜老好懷惟社友，淵明高臥是羲皇。

溪聲松影無人到，忽忘此身在洛陽。

雨

雨脚隨風不自由，影翻水面朗還幽。
箇中一事眞奇絕，飛去孤烟忽欲留。

自宗簿寺主簿，遷禮曹佐郎，皆以末擬蒙點

宗正寺連宗伯曹，微臣隨處聖恩叨。
當時若任銓官選，身上何由着帽袍？

直春曹日，對仁王山，漫成四絕。

仁王矗石鎭王京，雲裏奇峯畫裏明。
自是西山多爽氣，長看不必有歸情。

高峯戍削與天參，粉堞周遭草樹毿。
秀氣不爲塵土染，朝朝暮暮自晴嵐。

南宮鎖直足愁囂，嶽色忽然滿目新。
對此却生山野思，不知身在軟紅塵。

疏柳成行山色新，清風高臥爽精神。

淵明千古寧專美？我亦羲皇以上人。

夏日見柳葉黃落有感

草木當春發，霜落葉乃隕。

雖不及松栢，亦豈比朝菌？

盛夏天道亨，鬱茂如髮鬒。

覽彼高柳樹，我心爲之愍。

榮華曾幾時？須臾不能忍。

炎熱五六月，獨自凋零盡。

輕風吹黃葉，紛紛勢轉緊。

空嗟衆蘀漂，無復千絲引。

稟質旣荏染，早綠又兆朕。

物命苦不均，天理昭可準。

萬事固如斯，達人還不憫。

寒天搖落後，四望堪一哂。

直禮曹偶吟

光化門前是禮曹，郎官況味極蕭騷。

聽傳敎際忙驅馬，呈草記時急整袍。

封印在傍非自用，築墻當面一何高？

只應移席北窗下，遙看晴嵐興却豪。

霧蔽山萍掩池，甚無聊，各賦一絕

朝來失山色，天地無精神。
霧罷螺鬟露，疑是逢故人。

生憎水上萍，能蔽小池性。
自應清如氷，何由照似鏡？

有歎

遇旱求言聖旨諄，公車堆積摠經綸。
畢竟一辭曾不槩，有君今日柰無臣？

衰年

衰年從宦儘堪嘆，享禮試圍到底難。
獨典祀仍兼大祝，分收券或枝查官。
眼生花處口偏澁，腕欲脫時齒自酸。
出直又催投刺去，朱門深遠每盤桓。

大比之科，有收券官、割封官，本無差等。近因割封官獲所割
售之紙人錢頗饒，有力者競焉。又古例割封官與收券官，分東
西坐階前，今乃獨登廳上，與試官同周旋，收券官顧子焉下風，
亦世變也。成二絕

割封元不壓收券，爲是得錢屬玉堂。
今日忽登廳上坐，古風堪歎漸茫茫。

收券元非遜割封，階前自古對西東。
好官固是多錢得，胡乃廳庭忽不同？

細雨

細雨看不見，雲日光有無。
隱隱石面變，鮮鮮草色殊。
群雀飛相聚，刷羽窺簷隅。
騎牛短簑童，長歌不復驅。

旱餘雨

甲寅六七月，四十餘日旱。
殆哉轍鮒涸，傷矣谷莪嘆。

我行田野間，一見氣自短。

高疇禿盡根，下田靑餘稈。

村人自相對，鹿場泣町疃。

至尊憂且歎，減膳徹絲管。

桑林禱可竝，《雲漢》賦豈但？

圭璧徒旣卒，骨鯁竟遂罕。

却從方寸上，得雨能慰滿。

佇聞歌黃雲，不復畏火傘。

唉彼分憂者，得不竭誠款？

諱災莫自欺，恤窮匪可緩。

人事在答應，天道適寒暖。

民生何所恃？上有聰明亶。

晴望

晴望易爲眼，物物各呈態。

小池疑開鏡，遠岫如掃黛。

綠楊護樓臺，嬌垂不自耐。

紫閣與白嶽，雲氣互作隊。

日映成鮮新，風至或破碎。

村烟時忽起，裊裊亦可愛。

咄彼街陌上，富貴擁冠佩。

行人畏觸犯，市童仰氣槩。

熙熙復穰穰，出沒紅塵內。
獨鳥歸飛高，長空羽不礙。

秋風

秋風日清洒，雲薄青天兀。
垂柳落過半，疏颯如老髮。
以彼天道變，感此人事忽。
兒童相戲逐，不知惜歲月。
愁來強欲忘，已復書空咄。

雕蟲小技也，於道未爲尊。刻劃閨情豔詞，其語昵私，其體纖巧，乃
小技之小技也。決非壯夫之所宜爲，尤非君子之可留意也。余從
來不爲此，良有以耳。近閱古人詩選，則此體居十七八，毋亦先
王采風謠之義，而人情之大可見者，未必不在於是歟。因隨筆漫
就。共十首

欲折海棠花，凝粧出檻外。
忽逢郎笑來，低首弄裙帶。

生憎白鼻騧，偏識娼家路。
暗伺無人時，小嗔投石屨。

人言婦女妒，儂怪丈夫誤。
厚薄苟無偏，十娥亦不怒。

薄具亦苦辛，待郎至夜久。
醉從何處歸，蹴怒不宜口。

蝴蝶飛無定，嘗盡階前花。
默坐秋波注，停針忘日斜。

隣娘結伴去，爲是賞新春。
同遊豈不願？恐被郎君嗔。

試向鞦韆上，擬作女中豪。
却爲人皆仰，含羞不肯高。

小姑雖可憐，頗亦喜人過。
何以買歡心？佩珠減箇箇。

纖葱刺繡紋，綵蝶亂芳草。
傍人雖競稱，未若姑言好。

妯娌底相呼，紅牙戲賭拜。
郎今促春衣，明日決勝敗。

重過野堂贈主人，偶用玉連環體

易識君家難復忘，心長日短感篚篚。
田飛白鷺波飜碧，石立寒僧鬢滿霜。
相對以神無主客，各言其志有文章。
十禽詭遇滔滔是，人世功名儘可傷。

有感

我國重名分，等級蓋嚴截。
簪纓赫世族，雖貧厲志節。
下賤宜守分，敢以豪富埒？
聖人昔制禮，上下必辨別。
所以民志定，非此人類滅。
世降俗漸訛，陵夷爭僭竊。
行伍傲冠冕，市井抗閥閱。
反欲高幾層，奚翅相較絜？
風靡轉慕效，動輒加侮蔑。
小不如其意，叱辱恣脣舌。
奮臂或瞋目，意氣眞豪傑。
吾王恤小民，與我能頡頏。
渠雖曰士類，卬亦多締結。
彼我均丈夫，何遽作殘劣？

儂是壯勇衛，孰敢笞且絏？
其言縱皆妄，此恥無由雪。
敢怒不敢聲，閉戶遭挫折。
傍人莫代憤，法豈爲我設？
世變足可觀，達人良不屑。
棄置且休道，逝將守吾拙。

聞琉球國漂人來，願隨使臣入中原還國

聞道琉球客，漂船到我邦。
俗徵衣飾詭，字譯語言哤。
願附燕軺去，暫安海魄憹。
大東文物在，應使爾心降。

自禮曹佐郎，移江原道都事

清朝公道秉銓衡，進退抑揚意重輕。
禮部佐郎猶實職，江原都事却空名。
世稱致仕爭相慰，秩是外臺暫似榮。
殿最趁參循舊例，邸人坐數往來程。

乙卯元朝寫悲

亦知悲不及，歲改自霑纓。
命也延陵達，天乎卜子情。
古來皆有死，今日欲無生。
曷以暫排遣？ 强聽兒戲聲。

元曉

鷄唱復鍾鳴，今年五十五。
鬢髮被雪霜，耳目半聾瞽。
況自哭子後，悲悁鑠臟腑。
雖欲駕言寫，其奈貧且窶？
垢弊世看醜，疏迂人爭侮。
柄鑿劇齟齬，到處誰比數？
紅塵擁朱輪，樓臺沸鐘鼓。
而我獨何爲，破籬行踽踽？
《詩》《書》舊業荒，騷律新聲苦。
邦家值今歲，五慶咸湊聚。
吾王眞大孝，養志宜受祜。
呼嵩獻壽觴，覃惠霈雷雨。
和氣盈兩間，八域蹈且舞。
幸際聖明辰，拭目夬先睹。

顧此微末品，兼以性愚魯。

葵藿縱有誠，芹曝奈無補。

但願雨暘調，豐稔多黍秬。

【五慶謂：上卽阼二十年，大妃殿寶齡望六，加上尊號，景慕宮追上尊號，惠慶宮寶齡周甲，惠慶宮加上尊號。】

次《瓦隱幽居》韻【族大父佐郎淙氏居交河瓦家洞先塋下，因自號瓦隱。】

依近松楸淡泊居，吾宗質朴古風餘。

非關傲態元逃俗，爲是幽情亦愛廬。

疑義決如春水浩，曠襟開似月林疏。

艱難不必傷遲暮，聖世應須用讀書。

日食詩

今上卽阼二十年，旃蒙其干單閼支。

月正元日維甲申，噫吁嗟日有食之。

食之自卯至巳旣，此日此變繄奚爲？

天乃一大尊，日是太陽精。

煥煥赫赫無不照，萬古長御黃道行。

所以喩之於君象，不似夜月有盈。

其明人皆仰，其尊孰敢抗？

落于西山猶惆悵，蔽以浮雲尙憤快。

何況凌剋而薄蝕，使夫至圓者殘缺？

至明者晦墨，得非斧斤怒斫劈，無乃蟲獸饞吞食？

不意太淸怪事發，上帝胡爲仍寂默？

日爲天眼睛，昏瞖成瞽盲。

日爲天精神，晦昧失淸新。

昔玉川子作《月蝕詩》，寸鐵欲剮妖蟆癡。

此日而微躩罪魁，不知還是誰。

豐隆屛翳列缺飛廉，都帖耳若無思。

蒼龍火鳥攫虎寒龜，各閉目如不知。

五星二十八宿森環羅，曾不爲天出一力發一奇。

縱彼輩不事事，胡不下詔令奔馳？

嗟乎以天威，公然坐受欺？

矧玆三始朝，最居一年十二朔三百六旬之首。

國行慶賀民樂新，于斯時不自先不自後。

至神有此大狼狽，亦孔之哀亦孔醜。

肆昔人因論朓側匿，以此爲尤徵厥咎。

孔光對言六沴變，其應至重三朝見。

富弼恥爲王廷羞，正會抗笏請罷燕。

我聞日月不用行，雖有常度亦非常。

陰盛陽微月揜日，所可詳也言之長。

當食不食邈難追，當食必食還可傷。

春秋二百四十二年，纔食三十六。

唐二百九十年，乃至百餘食。

世代愈降食愈數，度道古今何曾異南北？

男教不脩陽事，影響昭昭謨訓垂。

十月辛卯皇父聖，辰弗集房羲和尸。

先王不得已而救之，又懸象魏誅後時。

庭氏弓矢鼓人鼓，瞽奏庶走嗇夫馳。

去樂不舉素服避，祝則用幣史用辭。

職脩六官蕩天下，陳置五兵與五麾。

衛大魯小何足論？梓水昭旱摠可疑。

後來晉史述漢儀，割羊祠社繩赤絲。

麟鬭誰徵齊諧說？鴉懰浪費詩翁詞。

梅傷三倍徒爲爾，盧陳八事竟何裨？

有兒慧悟羨黃瓊，請禱謏佞笑許芝。

鄭興丁鴻多譏切，襄楷摯虞各箴規。

此事來由雖未詳，大抵自古云不臧。

上天聰明而仁慈，垂象示人何章章？

苟不畏懼急塞除，安用譴告若詔語？

然或有應有不應，此理茫昧不可據。

粵宋盛時有若仁宗世元朝日食荐在，康定皇祐嘉祐際。

亦粵理宗崇儒道，淳祐正朝亦蒙翳。

今我幸值千一會，胡爲復見遭陰沴？

憶在丙午亦如此，豈以聖世乃反爾？

仰頭憤憤俯歎息，安得丹梯九萬里？

我欲問天公，一洗胸中疑。

朦朧又欲碟怪物，長使金輪當天中。

嗟我血肉身無羽翼，徒有一點癡誠所欲忠。

是事無奈何，是心不可窮。

援觚作此詩，聊抒憂思忡。

月食詩

正朝日有食，上元月又食。

正朝新年第一日，上元新年初滿月。

于斯之時，胡迭而微？

六沴不特胱側匿，摧輪破璧夷明暉。

青玻瓈上黑水精，怪事公然使我驚。

兩曜在人如兩眼，何異明瞳忽成盲？

盧仝昔作《月蝕詩》，後來效之有退之。

當時憤憤涕泗下，心鐵刔蟆曾不遲。

謂言更不礬萬萬古，此意誠亦癡。

仝死今千載，不知幾番坐受欺？

聖俞頗重補救情，煎餅之婦敲鏡兒。

嘗聞古曆式，月亢日則蝕。

闇虛正相射，斯蓋有恒則。

故日食書《魯史》，在月則無紀。

《雅詩》戒不臧，彼月維其常。

雖然當明失其明，均爲不用行。

但此陽侵陰，猶勝陰勝陽。

却憶去年上元宵，食之旣至于朝。

是時我在宗正寺，朝服露坐招同僚。

兩簪相對迭擊鉦，鍮盆盛水戟飄旌。

故事豈敢徒循例？赤心耿耿蟣蝨誠。

今年病臥聞此變，不覺長歎數三聲。

安得長使月避日，更無災眚敢來嬰？

戲柬岐川

匹馬西郊駄病翁，歸來頹臥眼朦朧。

荒廚三日銼煙冷，小帖寄題學魯公。

苦雨

未雨常苦旱，旣雨又苦霖。

還將兩月燠，反成十日淋。

胡不均其施，不亢亦不淫？

昊天故不傭，振古非斯今。

隨遇動騷屑，所恨俗人心。

射利閉百穀，惟恐藏不深。

貿遷邈無路，借貸況可尋？

苟非取諸宮，那免死亡侵？

小民惟怨咨，上帝元赫臨。

自是行有常，毋曰高難諶。

嘗聞古宰相，燮理陽與陰。

曰時以雨暘，咸若暨獸禽。

和生民鼓舞，豐占穀播琴。

叔世何相反，欺詐胥駸駸？

至尊獨憂勤，使我悲不任。

安得六氣調，永不畏孔壬？

傔屋之壁有立春詩曰：「戶戶題楣各自謀，東君每歲獨擔憂。那
將九十陽和力，曲副人間種種求？」不知誰所作，而詩意婉諷堪
誦。余因其意而步其韻

命數難容我智謀，世人枉費一心憂。

煩君莫念東皇苦，禍福疇非自己求？

都事亞於監司，為任甚重。近來虛縻在京，未嘗之官，惟冬夏殿
最時，謂之眼同磨勘，以驛夫馬邀去，即復還其家，實無所事也。
余以江原都事，亦作此行，纔出東門，風雨大作。馬上口占三絕，
聊以自嘲

東出都門路正長，顛風斜雨暗垂楊。

衝泥盡日無乾處，自笑吾行爲底忙。

貶褒同勘但虛名，猶復年年許馬迎。
慙愧有名無所事，炎天空費往來程。

都事其名實則何？朝廷官爵太差訛。
誰能晉畫從容奏？第一經綸革這窠。

途中雜詠

衰年行役儘堪憐，況復官程未敢專？
懸崖疊壁人疑步，亂石危橋馬怯前。
鳳郵樹暗龍門雨，雉嶽雲連鶴館煙。
強撥悶愁還自慰，平生萬事只聽天。

其二
鼇溪攀崦路回環，深樹時聞怪鳥(口＋官)。
天下冗官惟亞使，人間險路是束關。
不如寂寂門空掩，何事棲棲鬢欲斑。
愁裏眼明偏有賴，馬前蒼翠列螺鬟。

其三【聞道伯欲不許金剛之行，故詩中略寓歎恨之意。】
喝道聲長皁蓋張，公然學得使君裝。

驛亭秣馬斜陽鬧，官樹鳴蟬七月涼。
天下應無如意事，峽中多有可居鄉。
倘微此職誰拘束？料理笻鞋却不妨。

對雉嶽山謾吟二絕

清陰堂邃歇征鞍，雉嶽山高列碧巒。
誰把彩屏千萬帖，長教人作畫圖看？

耘谷高風照後塵，見其山似見其人。
高山仰止大名在，山不頹時名不湮。

今行擬入楓嶽，監司不許

此行只是爲蓬萊，勝事如何造物猜？
自笑吾生仙分薄，無端虛往又虛來。

贈劍舞妓花纖

佳人才貌擅關東，劍舞華筵更覺雄。
白日雪霜雙袖際，晴天風雨半堂中。

柳條腰裊渾成態，血色裙回忽似空。

未必公孫能勝此，問誰學得草書工？

浮萍閣【二絕】

池中有浮萍，小閣以似名。

閣上往來人，俱亦是浮萍。

遠天鳥影小，密木蟬聲深。

池水何清淺？浮萍自古今。

浮萍閣次壁上白洲韻【二首】

幾英雄沒草萊？且逢勝地暫徘徊。

似萍浮浮萍閣，人亦浮萍往復回？

池中魚自戲，岸上花爭開。

富貴繁華真一夢，不如陶潛歸去來。

浮萍閣對蓬萊，小娥進酒莫遲徊。

下有池上有檻，斯營斯歲幾回？

半簾嵐氣入，一鑑天光開。

良辰美景俱難得，勸君乘月抱琴來。

蓬萊閣

閣以蓬萊號，樓疑羽客居。
團成三島象，縈帶一池疏。
綵艇宜芳月，牙籤韻道書。
錚錚壺有矢，玉女問何如？

遣悶

我東金剛山，其名天下擅。
所以中國人，願生而一見。
幸生猶未見，寧不愧俗諺？
世故纏如膠，流光迅似箭。
豈但囊羞澀？恒坐身病倦。
荏苒五十年，矯首徒結戀。
東關幸佐幕，自謂天借便。
秋風動新涼，雲峽飛輕傳。
一萬二千峯，髣髴如當面。
道途入屈指，送者皆艷羨。
及到原州營，咄哉計忽變。
方伯統一路，號令若雷電。
謂言無近例，未可恣遊衍。
況異掌試行，肯許如爾賤？

莫謾說風流，恐或煩州縣。
聽來氣自沮，愧憤交胸戰。
得非少仙緣，無乃坐性狷？
宿願嗟未遂，勝遊竟孰餞？
甘受友人嘲，剩羞奚囊卷。
終當任我意，窮搜趁鶯囀。

看山【三絕】

峯巒疊高低，草木上蒼鬱。
白雲出其間，飛飛變態倐。

雨後山容鮮，晴空立天然。
新瀑一何怒？ 飛奔勢無前。

峽山多霧雲，峽田多黍粟。
如何峽中民，獨似海邊俗？

客中遇雨

昨夜星開笑，今朝雨鎖愁。
濛濛初暫濕，決決遂成流。

斗覺圓容改，新添花色幽。

遠行歸未得，魂夢洛城秋。

奉恩寺

理笻今選日，負笈昔何年？

宏豁樓金粟，依俙地白蓮。

居僧奔野穡，遊客住湖船。

莫道非高嶽，風光正可憐。

遊白鷗洲

隨意飄然杖屨輕，白鷗洲闊綠波鳴。

二陵落木秋聲急，南漢斜陽粉堞明。

忽去復來船上下，纔分旋合水廻縈。

煙橫月出歸猶忘，童子休言酒盡傾。

夢作

時為文章失，名因造物輕。

秪將閑歲月，空自費經營。

寓居南麓

東儌西僑迹似萍，終南之麓又茅亭。
秋晴紫閣森當戶，松列蒼崖巧作屏。
已喜僻幽塵事少，不妨潦倒濁醪停。
閑談嬉笑帶傾覆，有眼何須形白靑？

倚樓

危樓徙倚共閑雲，蕭瑟秋聲不可聞。
斜日入山蒸紫氣，微風吹浪走蒼紋。
忽思遠客征鴻疾，似助繁愁落木紛。
衰朽卽今無所事，詩能排悶酒能醺。

乙卯十二月二十日，親政於春塘臺，猥蒙臺職之除，感而成詩

聖意嚴銓稱，清官到甕繩。
昊天偏雨露，臺閣愧風稜。
除旨初疑誤，召牌未敢承。
涓埃報答志，衰朽恐無能。

又漫吟【七律】

末世囂囂摠靡風，清朝耳目太朦朧。
望風論事情難遁，挾雜彈人意不公。
縱欲欺心因賣勢，其如求利反成窮？
平生烔戒存家訓，儻免危機到此翁。

送平安都事尹昌离

吾宗老都事，恬雅出塵埃。
有作皆千數，無書不萬回。
古人差可意，今世豈知才？
晝錦榮歸地，衣冠話外臺。

丙辰元朝偶成

無德無才一野民，居然五十六年身。
祗將拙性甘垂翅，敢向榮塗擬躍鱗？
世態如雲眞易變，人心似面苦難均。
樵童釣叟渾堪友，何處青山白水濱？

丙辰正月二十日，駕幸華城，展謁顯隆園。二十四日回鑾時，下御製一律，命隨駕官及留都百官皆賡進。御製詩曰："晨昏不盡慕，此日又華城。霢霂寢園雨，徘徊齋殿情。若爲三夜宿，猶有七分成。矯首遲遲路，梧雲望裏生。"賤臣時無職名，雖不敢與於賡進之列，奉讀不勝感咽之懷，乃敢擬賡，以寓微悃

不價吾王孝，年年每水城。
羹墻存聖慕，旌羽見民情。
路以遲徊遠，臺因洞屬成。
瞻依睟容在，長看瑞光生。
【追聞有命"只押城字，餘則隨意拈韻"。】

三月初三日，親祀皇壇，賡進韻【代人作】

將事皇壇衮冕親，崇禎年後幾回春？
茫茫駿命欲天問，寂寂《麟書》無地陳。
終古虔誠瞻俎豆，偏邦禮義有衣巾。
《風》、《泉》三復增心怛，況是先朝舊制遵？

微雨

霏微竟日雨，茅潤簷有滴。

雲霧弄前山，巖岫遞蒙羃。
烏鳶乘暮風，群飛意甚適。

除騎郎戲吟

騎郎新命荷恩私，唯恐不堪詎敢辭？
稚兒不識吾衰朽，只道前頭小免飢。

親臨熙政堂，設文武臣殿講。余以入直騎郎侍衛，偶占一律

少年文武殿中間，誦讀難疑上賜顏。
日射黃金熙政榜，臚傳玉筍侍臣班。
襪韋豈識孫、吳妙？帖括皆愁《易》禮艱。
躬睹盛儀還自笑，迂儒戎服鬢毛斑。

監軍蒙點，受牌至巡廳，廳壁有游齋李玄錫詩，謾步其韻

坐看夕煙遠樹籠，經營萬事摠成空。
無緣髮黑還憐白，最困袍青謾羨紅。
點去小廳巡夜卒，想來清禁報時童。
寬心賴有鄉人伴，解說休徵歲可豐。

家舍見逐，無所於歸，偶形於詩

靡家靡室剩堪悲，世界清平獨亂離。
空宅鎖多高義少，朽錢藏固快人誰？
有時交謫徒憐拙，到處群嘲却似癡。
納納乾坤貧欲死，連雲華屋貯驕兒。

又吟一絕

泛泛梗隨水，遑遑鳥失巢。
錐刀此世界，誰獨有神交？

中宮殿端午帖【四首】

自多和氣迓佳辰，不用桃符與艾人。
九子剩添雙粽瑞，六宮爭頌二《南》仁。
書留彤管徽音揭，薦罷朱櫻曉旭新。
坤德配乾迓百祿，禁門先睹赤靈眞。

休光贊玉燭，佳節屆朱明。
時雨榴叢過，薰風殿角生。
粉團蒲細映，綵縷葛初成。

遐福由陰化，宮娥溢頌聲。

【被抄書進十張】

齊明羲曜仰圓舒，長養風微喜雨初。
簾捲濯龍鶩百囀，昇平氣象畫難如。

漢朝辰在北，周室化先南。
偶值天中節，宮人誦《葛覃》。

兵曹直中，偶成長篇

騎曹於六曹，最難供厥職。
內司異外司，佐郎遞宿直。
深嚴九閽內，密邇正殿側。
兵馬總宿衛，門鑰謹察勅。
肅穆雜人屏，董責喧譁息。
射講試必參，修掃廢囷或。
省記申是限，軍號昏爲式。
各門點黑衣，雙驛考金勒。
其任固莫重，其務亦旣亟。
況是二更初，巡檢自成則？
仗士騰木棍，御牌佩韋飾。
紫禁夜沈沈，驗奸遍南北。

夜分始乃歸，未敢解襟襪。
假寐旋驚覺，盈廷已辨色。
整帽梳洗忙，移座軒楹卽。
疏章與吏隸，靡不關通塞。
法殿設寶扆，侍衛趁時刻。
刀鞭及櫜鞬，戎服何整飭？
紅雲一朵邊，竟日立如植。
豈不榮近光，奈此衰乏力？
有時作監軍，恩命恒不測。
殿門晡受牌，巡廳夕傳食。
坐待鐘鳴盡，輕裝恐人識。
霜雪忍指直，風雨踏月黑。
宮廟與城闉，次第細糾劾。
逢人輒搜詰，有奸莫諱匿。
忍事詭以遇，無寧愧自默？
平明拜還納，中心每惶仄。
有疾尚强策，無馬最窘逼。
嘗聞夏官屬，掌政平邦國。
太宰建六典，所以爲民極。
祈父乃薄違，緺雲亦去慝。
顧懡昧戎經，臨事多迷惑。
旣乏張憲才，敢望姚崇德？
罪郵行將至，報答安可得？
修職以俟命，庶用勤自克。

禁中夜巡歸，則吏言"政院隸從門隙受吏判疏，蓋承宣連促之也。兵曹入直堂上見之呈草記，則承宣以字句之有欠，再次還送，使之改納。而先自啓請罪兵曹堂郎。上命罷之"。余則雖出於夢寐之外，其惶蹙甚矣，因成一絕【吏判，沈煥之；承宣，鄭尙愚；兵曹堂上，參判李敬一也。】

禁中巡檢整冠袍，點卒監門敢謂勞？
夜半歸來聞吏語，事由喉院罪兵曹。

拜吏郎，感而有作

騎郎纔罷又天郎，官況休言太薄涼。
巡夜禁喧都卸却，此身無處不恩光。

吏曹直中，以詩記其職

天衙舊廨謾成虛，金虎門前是直廬。
啓請官班侵曉色，修呈省記趁申初。
摘奸稟祭憂鞍馬，隨政準資按簿書。
白首郎潛眞分內，只嘆筋力已無餘。

又以詩詠其閑

清寒官府最東銓，況是潛郎但備員？
不直一文無月俸，未參諸政有時眠。
宮門盡日惟嘶馬，禁樹迎秋好聽蟬。
吏隸何曾相對面？每當公故暫來前。

差祭齋宿於直房，入直者乃李佐郎【明孚】也。吟以贈之

同庚同榜又同僚，憶昔同齋似隔宵。
禁樹蟬聲淸數日，可憐相對髮蕭蕭。

雨止月出

雨止雲放月，煙氣白漫空。
萬籟自能寂，時聞遙天鴻。
樹葉炯有光，斜飜受微風。
庭中落衆影，奇妙各不同。
軒楹遂皓然，如坐銀海中。
景絶不可名，興極誰能窮？
獨酌亦無妨，賖酒呼小童。

七月十九日，親政于熙政堂，余以吏郎參政席，口占

便殿晨趨近耿光，親臨大政仰吾王。
恩私酒饌霑方丈，際會風雲動一堂。
敢保兩銓心似秤，只應三伏汗如漿。
諸公濟濟恢張地，憨愧龍鍾白首郎。

以天郎奉命摘奸於社稷大祭諸執事齋宿處，路中記小兒言

乘出郵驄却借鞍，街兒拍手笑天官。
兩軍前導朱衣後，社稷清齋去摘奸。
【驛馬無鞍故借之。摘奸之行，例以兩卒前導，吏朱衣騎馬以從。】

卽事

雨過雲猶堆，天色因罅青。
樹木受返照，枝葉皆分明。
村墟忽蒼蒼，裊娜孤煙生。
鮮鵲噪古木，老牛遵虛汀。
獨鳥歸自遠，浩然心無營。

陰雨

霧曀作細雨，有天無四山。
犬吠遠村巷，如在白雲間。
萬象失本色，禽鳥亦不閑。
書潤仍成濕，門啓還復關。
日月應自明，何不照宇寰？
長風決浮雲，我輩庶歡顏。

八月十五夜

中秋霽月圓，萬里瀅然天。
不敢星河色，邃無晝夜權。
囂塵何處遁？混沌厥初全。
眺望難爲眼，浮浮只淡煙。

丙辰春無花

當宁二十載，丙辰月維正。
初九至十一，寒酷風仍獰。
人蟄惟戰慄，鳥窮皆悲鳴。
樹木亦凍枯，鑠盡蓓蕾萌。

當花遂不花，雖生如無生。
造化遺巧妙，天地失精英。
試上高阜望，四顧欵且驚。
杏村誰能指？桃源眞不明。
遠遁探藥蝶，交愁織柳鶯。
陽春不留迹，芳園難謝榮。
韶光太索莫，何以賁京城？
少年遊冶子，但取尋春名。
此事古有否？顧慙識未宏。
《春秋》所不書，史傳亦無評。
庶徵果焉如？中心故不平。
竊聞百年前，無花亦西成。
冬暖猝春寒，植物違性情。
景色縱蕭條，卜驗幸休禎。
稻麥苟皆熟，花果奚翅輕？
雨暘正時若，努力事耘耕。

題《奎章全韻》

《御定奎章全韻》書，四聲諧比蘊無餘。
叶音通押輸援據，增補排編倣古初。
同異互參標圈以，華東分析諺翻於。
聖朝文治斯爲盛，俗學從今免魯魚。

賜送《奎章全韻》

院吏手擎新韻頒，解包祇受細披看。
閣臣署押兼安寶，爲是微蹤忝邇班。

友巢巢許是去非遷葬挽

許以友巢亦許倫，風標迥拔見天眞。
心存特義傾千古，行著三綱任隻身。
世誦東西南北策，士談前後始終人。
靑鳥聞說今重卜，一哭玄和恨未親。

冬夜

冬夜似靳人，待明不肯明。
衆鷄互唱酬，斜月猶自淸。
遙疑日輪凍，苦難昇天行？
縱使幸而朝，幾何還晦盲。
此時天下人，應多悲苦情。
窮民失恒業，遠客數歸程。
波咤卒枕戈，啼怨褸抱嬰。
堯、舜病博濟，咫尺殊枯榮。

竆人未知命，强欲鳴不平。
安得黃綿襖，一齊覆蒼生？

同僚皆以宣諡出去外方，余獨直旬有餘日

孤寒勞碌命途然，鎖直連旬任獨賢。
却羨諸僚宣諡去，馳郵張蓋又廚傳。

入直處在闕墙外，每夜有軍卒來呼掌務無數，睡不得着

紅塵日日沸如羹，暫喜中宵夢不驚。
無奈隔墙屯衛處，頻呼掌務每連聲？

秋望【三絶】

落日登樓望，秋山遠欲無。
何處閑遊客，驢鞍挂小壺。

鳥衝村煙飛，牛帶夕陽歸。
江邊一釣叟，獨坐碧苔磯。

碧樹圍江村，居人靜不喧。
少年補漁網，老叟弄孩孫。

遣悶

雪後天仍陰，黯淡似霧霧。
樹木濃新畫，峯巒隱微夢。
村容月影疑，市聲風便送。
小竈茶煙濕，空堂棋響凍。
稚兒不可禁，强將簷氷弄。
我思忽不樂，地大嗟物衆。
何限不獲所？怨咨無因控。
跣足男負薪，單裙女提甕。
戈鋋赴團練，鞭箠督稅貢。
平民多失業，汙吏寧不痛？
窮巷讀書人，莫歎爾屢空。
長安幾甲第？歌舞繞畫棟。
暖氍盈貂蟬，綺饌象龍鳳。
狎客間青娥，主人酒正中。
內閣榮寵殊，絲絡日飛鞚。
出入判奴主，傾奪較伯仲。
古詩今已亡，誰復陳以諷？
空言咄無施，憂思謾湨洞。

十二月二十日，親臨春塘臺都政。余以天官郎，復參政席

夏政親臨熙政堂，冬政親臨春塘臺。

獨使至尊憂且勤，爲民一念擇賢材。

帳殿高闢暎花前，羽衛肅肅如霆雷。

尙書在前諸郎後，承命趨入又連催。

手捧紙硯兼朝籍，足但拾級頭敢擡？

臺上臺下分文武，是日不獨政筵開。

志鵠射夫賭巧力，歌《鹿》儒士較雋才。

日高寒緊雲墨色，朔風怒吼何壯哉？

調刁直倒上林喬，淅瀝橫灑飛雪霎。

半空御幕吹盡裂，束竹窸窣幸未摧。

氣色愁慘夜益晦，直至鷄鳴猶喧豗。

此時那得運弗律？口箝指直眼眯埃。

凍皴徒自羨煖帽，飢渴無由傾溫杯。

輕裘妙饌不受寒，富人哿矣吾輩哀。

自憐病弱氣難支，況復精力已衰頹？

爲貧未能抛斗祿，龍鍾歲歲仍低佪。

敢恨酷寒偏觸冒？只幸威顏共昵陪。

前夏亦隨冠冕入，當暑遇雨愁難裁。

無乃命途苦嶔崎，鬼物揶揄戲且猜？

昔人招隱眞枉計，早晚須謀歸去來。

丁巳元朝偶成

五十七年倏爾加，人間萬事儘堪嗟。
從今不作閑思想，只得看書度歲華。

人日立春

人日天開朗，朝暉射竹窓。
土牛誰出一？氷鴨不成雙。
硯冷疏書帖，花遲愧酒缸。
峽村吾所愛，春暖溯淸江。

不訪

人不訪我我不訪，莫往莫來亦何妨？
有時扶杖衡門下，獨立悵望雲天曠。
歸來靜坐還讀書，上窮天人細蟲魚。
焚膏繼晷仍成癖，終歲沈潛其樂且。
席門安用多車轍？達官自古稱閥閱。
草木同腐誰比數？許、史、金、張眞豪傑。
末俗詭詐事輕儇，少年凌長愚蔑賢。
眼暗頭白默數尤，恨不早謀二頃田。

囉嗊曲【三首】

江潮還能汐，郎去不肯歸？
可憐水有信，所嗟人却非。

白日圓無缺，浮雲聚却分。
願郎如白日，不願似浮雲。

伐性青帘醪，憐錢大堤女。
如何郎不知，使我徒延佇？

無題【五首】

物物逢春各自奢，上林啼鳥向陽花。
寒谷獨遲和氣動，四時造化亦偏差。

莠苗朱紫辨何難？墨行儒名最可嘆。
自笑力綿心獨在，區區還欲障狂瀾。

腐鼠嚇鵷尚有因，事關利害易迷眞。
生憎醉漢太無理，強欲橫侵行路人。

由來穰穰復熙熙，各自謀身亦勢宜。

頗怪世間多妄想，害人何必巧營私？

魚目還求善價沽，聲名輝赫滿皇都。
荆璞未明身已刖，世人爭笑卞和愚。

李基慶休吉投示與睦餘窩唱酬韻，聊次以送

辨早防微戒履霜，聖人扶抑在陰陽。
孟、朱自是前同後，鄒、楚何論弱敵彊？
妖魅黑林中夜暫，瑞暉黃道一天長。
宸綸實邁山東詔，拭目新春舉賀觴。

偶吟

紅日東窓喜雨晴，一壺春酒聽流鶯。
風過細草悠然快，花發新枝分外明。
萬事都歸天理定，百年難得命途亨。
邇來漸覺忘機盡，山鳥溪魚近不驚。

暮歸

閑來携杖路縱橫，花鳥詩篇逐意成。
暮歸還有開心處，學語稚孫帶笑迎。

華城動駕拜園，余以入直，未得陪從，遙望有吟

華城清蹕歲爲恒，儤直微臣扈未能。
縱是身留心却去，羽旄鍾鼓路青繩。

落葉詩【二百字】

落葉隨風轉，飄颶苦難休。
雖欲少暫定，其奈不自由？
風勁吹益急，葉輕勢靡留。
氛埃相追逐，毛羽共周流。
纔看依地走，忽又離空浮。
踔踔疑趦雀，團團學輕毬。
逢坳似遲回，冒芥欲庇庥。
薄質何能耐？離蹤終莫收。
趫過逐花蝶，疾甚下灘舟。
畢竟焉所止？形影良悠悠。

人生亦如此，丈夫多旅遊。

弱植那得固？善性本自柔。

顧無墻壁依，常有彊梁憂。

棲屑謝謀身，顛沛甘低頭。

鹽車困<u>太行</u>，日暮歲已遒。

城闕挑達兒，挪揄笑且羞。

所以賢豪人，五月薪而裘。

物勢自昔然，達觀豈怨尤？

大藥未駐春，烈士空悲秋。

寄語枝上葉，會有寒風愁。

軺軒

軺軒高丈餘，獨輪而長轅。

上容一人坐，巍巍儘貴尊。

驅出大道上，浮空似無根。

冠服劇輝耀，高視誇騰騫。

人勞車甚澤，喝辟夾道奔。

贏得市童憐，到處隨且喧。

但仰坐地高，安危竟孰論？

行須擁前後，止輒靠墻垣。

苦無特立操，常留刻畫痕。

自謂獨我能，不知皆君恩。

意氣驕妻妾，功名期子孫。
識者傍竊笑，爾從東郭墦。
儻或一蹉跌，禍敗可勝言？
莫尋傾覆轍，宜招戒懼魂。
此語雖陳腐，亦有至理存。
題詩寓慷慨，聊以警朱門。

華城

華城形勝甲吾東，奔走臣民各盡忠。
粉堞麗譙魂夢外，彩樓彫閣畫圖中。
國人孰昧君王孝？今世皆聞水邑雄。
過客停驂多感歎，俗雖讓古技逾工。

出華城八達門，路上偶感

華城南出路倭遲，如畫山川景物宜。
小駐征驂回首望，蒼梧雲樹不勝悲。

南原 廣寒樓

南縣如從月殿過，廣寒華構意維何？
蛟龍城古山疑雨，烏鵲橋橫水似河。
丹桂欲添吳子斧，素娥能學《羽衣歌》。
凭軒領略風光盡，公遠銀虹較孰多？

湖南【三絕】

湖南多大竹，處處以爲屋。
重任終難當，柱梁却是木。

全州山麤壯，依然似峽中。
農客燒畬盡，峯巒處處童。

僻路少行旅，時時聞細語。
破籬矮屋中，盡是績麻女。

順天 松廣寺【三首】

峯壑遞呀若，招提來突如。
葉軒風掃疾，雲碓水舂徐。

林密迷歸鳥，池清數躍魚。
老僧年幾許？吾欲問原初。

寺名松廣世皆知，普照何年相此基？
冷骨佛依金殿聳，觀心僧假念珠嬉。
溪如蕙帶回回妙，山似蓮花疊疊奇。
春日漸遲行客倦，禪房物色正宜詩。

奇徵異迹最禪家，松廣寺僧向我誇。
能見難思神造器，相傳爲寶佛留牙。
寸龕衆釋嗤猴棘，一浴雙鞋勝錦袈。
更有國師遺舍利，爭言是日坐蓮花。

松廣寺左，有水石亭，水石甚奇。亭棚有無用大師韻，次之

定自麾山鬼，還應泣水仙。
鬪霆林欲戰，噴雪石渾穿。
氣撼三楹屋，寒愁五月天。
塵襟能一滌，身世忽蕭然。

又次壁上金三淵韻

松廣多名勝，無如水石亭。
妙奇觀佛力，豪壯賀山靈。
暗地雷掀屋，晴天雪灑櫺。
貪看還恐錯，頻喚主人惺。

湖南道中【馬峙、栗峙皆在南原，猫峙在谷城，佛峙在樂安，車嶺在公州。】

馬峙、栗峙昨日過，猫峙、佛峙今日踰。
纔經一峙又一峙，廻崖絕壑使人吁。
始謂車嶺最峻險，若比諸峙是坦途。
人生行邁不知止，愈往愈甚忘其軀。
誰能戰兢懷戒愼？或將羊腸視通衢。
我今衰病不得休，日日驅馳胡爲乎？
爲貧苦被微官縛，自笑不暇笑人愚。
安得平地作神仙，杖屨逍遙一事無？

到興陽馬輪村，宣忠剛公宋侃諡，有吟

巡撫危忠世共欽，狂歌痛哭孰知音？
原長春薇堪奠墓，基留西洞尙傳心。

一片照圓湖上月，數聲啼苦越中禽。

聖朝賜諡仍斯地，承命微臣感不禁。

【宋公以端宗朝巡撫使，奉命在外，及還已遜位，乃復命於寧越，仍逃之
興陽。每痛哭於水涯山巔，人目爲狂老，自號西齋，至今號其舊基爲西齋
洞。遺命葬於樂安薇原。今其後孫在興陽者，不啻數百家。丁巳二月，始
延諡于舊基。余時以天官郎，命往宣。】

贈妓瀛洲蟾

仙境瀛洲照玉蟾，清光無限捲珠簾。

天上尙多圓缺恨，人間離合復何嫌？

歸路登華城訪花隨柳亭

控衛寢園重，關防畿輔先。

華城實顯敞，遊客自留連。

頓忘危時戒，且從幽處憐。

長安旣北聳，八達又南騫。

躋險纔瞠若，有亭忽翼然。

華虹門儼闢，花柳扁高懸。

突兀臨無地，虛空仰有天。

水回疑蕩泛，山崒欲騰騫。

曲檻神排置，環楹巧折旋。

逈孤憑雉堞，要妙飾龍船。

鶯學姸歌裊，蝶隨妙舞翩。

繁華勞顧眄，縹緲畏攀緣。

此地富財力，長時沸管絃。

架虛層榭轉，占隙小臺圓。

渺渺超人俗，飄飄可羽仙。

梁間凝沆瀣，簷隙宿雲煙。

富媼誇生色，化翁愧失權。

鼓旗留正鵠，飛躍玩魚鳶。

松倒波搖影，霞飛谷競姸。

吾王誠達孝，綿籙萬斯年。

【華城之北門曰長安，南門曰八達。】

題梅窩宋公《殉節錄》

梅窩遺錄儘堪尊，罵賊捐軀想毅魂。

叔侄兩城心報國，夫妻雙節血留冤。

風聲遠矣垂千古，忠烈森然萃一門。

樹得綱常虵贈厚，聖朝恩典泣雲孫。

【梅窩宋悌，癸巳以唐津縣監，殉節於晉州倭亂。其侄德馹，丙辰以富寧
府使，殉節於胡亂。當宁丁巳贈職。後孫啓弼，來請詩。】

與人論詩偶吟

詩亡未可奈，辭達誰能眞？
未得讀書力，還期絕等人。
驟聞如有卓，細繹却無倫。
此意前賢解，文從乃去陳。

遣閑

萬理昭森靜裏知，色形無數各參差。
山河至大人爭小，天地元公物自私。
攫鼠嚇鵷誇善妬，捕蟬忘雀費潛窺。
紛紜世事須經歷，欹枕閑中看戲兒。

其二

客稀讀倦枕頻欹，夢罷閑看物性宜。
燕欲定巢還未決，蝶將留藥却如疑。
明虹貫月知書寶，紫氣衝星見劍奇。
萬事悠悠渾是幻，寬心遣興不須詩。

除藍浦縣，夜半謝恩，仍下直

銓曹傺直已周年，南縣新除有隕天。
半夜延英辭陛出，五雲回首更留連。

賦得藍田【藍浦一名藍田，有藍田驛。又名玉山，有玉馬山。】

水面天然月出妍，兩峯千澗自相連。
尉當黑夜呵今將，英擣玄霜話宿緣。
晝靜溪鳴松映竹，春深日暖玉生煙。
聖朝布化宜斯地，鄉約元從呂氏傳。

玉山館壁上，有自前朝相和之韻，聊復步成

但感恩私重，何須郡府雄？
依山多仄磴，濱海少淳風。
短髮霜垂白，孤心日照紅。
還慙舊時業，荒廢簿書中。

日暖藍田玉馬靑，客懷花攬樹冥冥。
天慳片月雲深嶽，波撼孤城接溟。
落照樓臺千竹塢，秋聲鼓角萬松亭。

延英宿跰渾如夢，浮世眞同水上萍。

又漫吟

衰年殘縣分堪安，遠澗高峯玉馬寒。
戎務御營兼把摠，舊銜銓部一郎官。
疏才試邑霑洪渥，弊局臨民愧素餐。
最是簿書程限急，拜迎鞭撻足辛酸。

監營之行，偶有所見，於途中口占一絶

綠陰樹下淨蒲茵，村叟弄孫不襪巾。
顧慙束帶甘形役，羨爾田園自在身。

族兄士眞氏寄二絶，次之【第二絶，原韻及於邪學，故答之。】

駑才敢恨困鹽車？百弊孤城衆蝟如。
政拙催科惟俟譴，愧無微惠及村閭。

秋霜之後又春風，此是吾君教化功。
別有微臣深遠慮，中心雖異外儀同。

刈盡竹間草，竹林清疏，風來若欣然，賦三絕

衆草欲無竹，今朝喜廓清。
輕風動一陣，蕭瑟生寒聲。

月出東南隅，映茲竹數株。
庭空斜影落，此畫古今無。

草盛竹還微，古來良可歎。
伯夷清聖者，所以食山薇。

途中雜詠【七首】

忽爾溪雲蒼，山風吹急雨。
牧童還不驚，騎犢向蘆浦。

衆鷄如較藝，各欲勝他鳴。
默聽纔一遍，善惡自分明。

亂樹群蟬鳴，喧中却有靜。
高風孰起懷？悵望千秋永。

孤燈滅復明，愁客坐三更。

蕭瑟風何自？秋蟲四壁聲。

斜陽入小柳，葉葉翻金銀。
西望蒼然色，分明見行人。

曙光奪月色，西崦月如雲。
一帶沙灘白，驚飛宿鷺群。

世上無公言，人間盡曲巡。
此時惟勢爲，何日是天定？
【此下有白雲寺僧所題狀七絕一首。在下板。】

縣齋謾吟【三首】

不及爲親却爲貧，未能治己欲治人。
有時自顧平生志，慙愧開衙對彼民。

作吏風塵昔所悲，寧堪孤弱復衰羸？
世人多被飢寒動，士苟清高肯屑爲？

抑揚守令係監司，非理相加足可噫。
誰說拜迎心欲碎？拜迎猶是古來規。

聞監司狀罷卽發程，馬上有吟

營門奏罷罪無因，趙孟所能爵是人。
封印解符仍上馬，此身今日始吾身。

遣悶

洞沴機權儘可疑，天公猶復太偏私。
終年鮮有無風日，一夜難逢賞月時。
每願人心還似我，元來世路摠如斯。
苦多樂少何須悶？從古英雄浪淚垂。

繫獄十二日，勘罪得放

下官有口還無言，上官有筆動自管。
却把論列謂不報，更將明白歸漫漶。
封啓直達香案前，先罷後處以法斷。
選部擇人便差代，金吾發卒相催趲。
虎頭閣高門重重，風動鋃鐺人迹罕。
畫地刻木昔聞諺，尖巾黑衣今作伴。
廳上議讞恣繳繞，階下納供輸衷款。
今日乃知獄吏貴，左右飜覆殊冷暖。

意中逐勢定賓主，紙上遣辭任長短。

杖贖以金告身奪，國典功減等稍緩。

歸來依舊萬端愁，啼飢號寒四壁但。

此身到底被聖恩，俯仰衡門迹閑散。

天下是非片雲幻，世間榮名一夢誕。

抱關擊柝亦有命，潦倒猶足養吾懶。

【監司以白彞齋祠院冒禁，使之毀撤，而儒生不從，故卽論報矣。監司狀罷以爲"不卽論報"，又曰"徒事漫溈"，故三四云。】

詠雪江浴鳧

積雪四山白，深江一帶碧。

群鳧獨不寒，出沒意相得。

白雲寺僧來訴僧徒多移去他寺，請禁之，卽題其狀【當在《縣齋謾吟》之上】

白雲僧似白雲閑，出岫無心更入山。

縱欲今朝囊括住，其如北去復南還？

次申進士【翊漢】回甲壽席韻【二首】

星回花甲復丁年，當戶終南碧可憐。
今世古風心似貌，囂塵靜几性全天。
人方獻賀祈籌屋，君獨停觴誦雅篇。
下邑低徊京洛遠，此身恨未豫華筵。

六旬我亦閱春秋，羨子安閑到白頭。
賢胤侍傍家有托，肖孫在抱慶應流。
名爲外物仍偕隱，園未全貧自忘憂。
浮世人生斯已足，阿誰枉欲執鞭求？

藍浦縣出硯石，余不取來，戲吟

古人太多事，載石鬱林船。
歸裝無一硯，匹馬自蕭然。

戊午元日【余今年五十八】

白傅行年五十八，有詩自紀垂不朽。
榮名身爲三品官，靜思堪喜方有後。
而吾今亦五十八，自愧此事皆烏有？

棲棲反羨韋布士，踽踽已成窮獨叟。

憶昔八歲知耽書，經籍不離身左右。

工部大字盈一囊，子建奇思希八斗。

父母恒申忌名戒，長老皆許忘年友。

到今倏過五十年，濩落居然成白首。

高樹欲靜風不止，枯麥忍飢雁無偶。

門寒迹孤一世輕，女病妻憂萬事苟。

遲暮謬通金閨籍，紫陌十年甘奔走。

素志為親今為貧，正性常恐外物誘。

西河能忘子夏慟？皋廡難容梁鴻久。

去年因作天官郎，蒙恩外補藍田守。

小臣未有涓埃報，夙夜殫竭期無負。

鑑衡置心肯容私？氷蘗厲操不受垢。

媚悅上官吾所昧，一朝果然橫罹咎。

席不暇煖遭斥逐，薄譴猶是聖恩厚。

室人交謫怨數命，故舊相傳嗤老醜。

歸來怡如釋重負，高臥蓬廬開竹牖。

曾城眺望落照樓，淡煙徘徊素月柳。

閑中人客助揮麈，醉後詩文任覆瓿。

玄竅夢幻得失馬，世情笑看翻覆手。

天固賦命百千萬，事不如意十八九。

于今俗朋誰以心？自古君子增玆口。

窮途凍餒莫浪憂，浮世榮辱且順受。

胸中遂無可澆物，聊復滿眼酤春酒。

富貴功名非吾事，只問從今以往壽。

和族兄【慎】回甲壽席韻

鴻光偕老太平時，有子何曾羨五之？
外物由來輕組冕，韶顏自可享頤期。
千編靜坐繩先武，一葦橫流慰我思。
花甲喜成花樹會，莫辭鸚鵡與鸕鶿。
【坡詩云：“羲之有五之。”】
【族大父邵南公平生讀書樂道】
【近來有西洋學邪說惑世誣民，族兄能以辭闢自任，故五六云。】

和葉西權尚書【襽】入《耆社》韻

稀年題帖又崇資，此事公家再有之。
南極星輝仁壽域，西樓日永拜趨時。
身邊雨露霑洪渥，畫裏春風識美姿。
平地眞仙爭艷賀，退朝花底珮聲遲。

葉西權尚書，今年入耆社。樊巖蔡相公，以談仙之語贈詩，問其能擔瓊壺玉局與否，蓋雅謔也。然竊惟仙家既有玉帝仙曹之說，則其上仙當上佐玉帝，下摠群仙，有許大擔負，若携壺背局等事，不過是新進仙之勞耳。聊爲葉仙步其韻而解其嘲

上仙元是極星南，總領仙曹帝德涵。
重任也非壺局比，自憂何暇問人擔？

贈鄭進士【淞】

江郊鄭上舍，淳朴古人風。
濩落猶奇氣，聲名逮老翁。
湖憐孤帆溯，寺憶一樽同。
西郭重逢地，衰顏借酒紅。

偶成

詩本性情達古今，彫華少處天機深。
昔人紀實渾言志，俗客粧虛欲嘔心。
平生不作閑吟弄，漫興無非婉諷箴。
竽瑟紛紛爭所好，且將土鼓待知音。

無名子集

詩稿 册四

余自藍罷歸後, 睦上舍【允中】來訪, 曰:"子之南爲也, 吾有詩, 欲寄而未果。"因誦之詩曰:"十口無衣食, 幾年城下村? 今朝爲吏去, 薄邑亦君恩。浦石供詩硯, 湖魚佐酒樽。秖應京闕戀, 去住寸丹存。"乃次以酬

苵官如一夢, 依舊臥窮村。
老去榮爲辱, 歸來罪亦恩。
敢希船載石? 秖喜酒盈樽。
吾友勤相訪, 清詩厚誼存。
【句句答睦詩】

梨花盛開【恐是自況】

潔清元是性, 淡素却能文。
月下看偏耀, 葉中覺自分。
玉氷爭皎皎, 桃杏任紛紛。
洛會千年後, 洗粧每獨醺。
【洛陽故事, 携酒會梨花下, 謂之爲梨花洗粧。】

梨花落【用前韻】

辭枝頗似勇, 點地忽成文。

隨勢爭高下，因風巧播分。

雪飛片片大，蝶舞回回紛。

猶恐飄香盡，裀鋪飲到醺。

亡兒祭日

已矣斯渠命，悠哉奈我愁？

每年三月晦，當曉一牀羞。

杯滿何曾縮，淚枯亦復流。

欲詢歆格理，片夢却無由。

種菜有感，投鋤援筆【君子小人消長之感】

天地本無私，萬品皆包容。

問是孰主張，云胡偏不傭？

植物最無知，雨露所陶鎔。

春風浩蕩後，若有分吉凶。

嘉生萎沒沒，蠆刺茁茸茸。

古來邪干正，賢良已不封。

物理未足怪，世事千萬重。

所以杜陵老，比興傷心胸。

野莧陷蒿苣，馬齒掩葵葑。

宗生浚滋蔓，勢若凌大冬。

君子微祿晚，小人妒而攻。

園官負地主，英傑困凡庸。

遺詩先我獲，三復意憧憧。

余在洛城西，傲屋傍孤松。

三陽啓泰運，節氣當春農。

散足雨已風，師伯隨雲龍。

土融牛力新，山泉鳴淙淙。

四隣競及時，播藝畝橫縱。

階下可以畦，强起策病憊。

童子好動作，奔走惟令從。

荷鋤易爲功，破塊深且濃。

嘉蔬名不一，芥菁實爲宗。

謂言種必收，庶敎畦丁供。

甲坼未出地，雜草已鬈鬆。

吐芽根廣據，抽條葉交衝。

氣擁中園昏，驕桀太不恭。

雖欲鋤之去，揖揖亦孔邛。

不見嫩葉采，空惜零露霙。

因知此輩强，傾奪莫嬰鋒。

永爲老圃恥，歎息倚短筇。

喧喧世人態，共艷子之丰。

蕭艾敗蘭蕙，便儇輕龍鍾。

點染復顚倒，賢者罹城舂。

在昔大猷世，至化登笙鏞。

穄莠不害苗，萬邦歌時雍。

安得復一見？卷中且相逢。

雨後偶詠所見

二片青天雲際明，村鷄墻上報新晴。

荷蓑老叟驅牛去，小立田間聽水聲。

移居山亭洞【頷聯承首聯，頸聯承頷聯，末聯又應首聯。】

山亭洞裏北皐前，茅屋蕭疏樂晚年。

城市忽然生野趣，雲煙如得償仙緣。

終南氣勢長當戶，細石縈回別有天。

漸喜衡門無剝啄，時時掩卷聽林蟬。

偶成【此絶相承相應，而中二聯有感於時事。】

背郭茅堂爽氣新，俯看車馬暗天塵。

無數機心田、竇友，有時酣夢葛、懷民。

閉戶是非紛起滅，攤書讎校足經綸。

年來漸廢閑尋訪，懶惰還羞出見賓。

細雨

風細欺疏柳，煙輕戲半山。
微涼俄忽至，幽意自然閑。
暫覺花心動，旋看石面斑。
絲紋難正睹，斜映短簾間。

次族兄【慎】寄示韻【一律四絕】

世間消息末如何，憨愧衰翁濟自家。
摠是浮名春罷夢，那堪老眼霧看花？
恩恩歲月事難了，納納乾坤生有涯。
千古伊人逃姓字，傳神宛在露蒼葭。

幽棲近日托洪厓，不識門前有市街。
淨掃茅簷成獨坐，笑他涎蠢畫梁蝸。
【新居與洪知事宅相隣】

憐子棲遲郭下厓，聲名曾是耀天街。
想得拋書空咄咄，雨中成字斷墻蝸。

連宵急雨駕崩厓，聞道洪波溢巷街。

天清日出還應息，會看腥涎粘壁蝸。

窮居執熱更愁霖，銼冷無煙況溉霤。

病中三復詩中語，料得吾兄有此心。

【原韻有"牀牀屋漏縱難免，尚勖庇寒天下心"之句。】

西隣洪知事【周萬】以七月既望夜，小會賦詩。余適有故，不得與而步其韻。韻則拈出於《赤壁賦》中字云

天高雲廓忽驚秋，懶惰無心作勝遊。

是夜空瞻蘇子月，阿誰能共李膺舟？

門前樹立如人老，籬外溪鳴似歲流。

千古雷、張難再遇，莫教奇氣謾衝牛。

贈陸文川【祖永】

世人皆俗態，吾友獨天眞。

晚境聊投分，今年遂買隣。

步春林有徑，乘月語無塵。

潦倒何須歎？幸爲聖代民。

先君子八歲時，赴洞內宴席。席上出咸字韻，先君子詩先成。其
押咸字句曰：“滕閣東南盡，蘭亭少長咸。”諸客皆閣筆，至今人
莫不傳誦。而其全篇逸而無存，小子每誦之，不覺感涕。又懼歲
月寖遠，傳誦易迷，輒敢忘其僭猥，足成四韻，或冀因此而流示
於後仍云爾

滕閣東南盡，蘭亭少長咸。
滿堂驚且歎，甲管謂非凡。
八歲名京洛，明時老谷巖。
遺詩三復處，小子淚沾衫。

遣悶【二首○賢者枯槁巖穴，不識丁者乘肥衣輕。】

幽意忽無聊，凭高送遠目。
層城列樓堞，疊巒迷巖谷。
樹與人家糅，葉間露簷屋。
時有鮮衣客，怒馬兼悍僕。
揚揚紅塵間，意氣相馳逐。
富貴身自致，平生書不讀。
何處紫芝嶺？枯槁綺與甪。

輕風吹我衣，飄飄頻拂杖。
散步忽佇立，悵望如有想。

逝川流日夜，昔人皆已往。

藐然形贈影，天地極高廣。

容光照日月，猶餘太古像。

白雲棲長松，玄鶴送逸響。

歎息俯塵寰，來往多熙穰。

李子文來言“其同庚九人，修稧列名。蓋於往年乙卯慈宮誕辰，聖孝推錫類之恩。吾輩亦以是年周甲，與有榮焉，故有此舉，而又拈韻賦詩，以誇道其事”，眞洛中勝會也。遂次其韻

憶逢單閼慶辰良，我后宮中稱壽觴。

環海孰無欽聖孝？同庚偏若荷恩光。

千年景運應覃下，九老遺風宛在央。

春酒招邀歌詠地，南星如月是休祥。

偶成【四首】

距詖討賊理同然，不必士師與聖賢。

乃獸乃禽邪說害，當誅當捉主人邊。

缺鬌乾坤誰闔闢，廓淸區宇莫腥羶？

孟、朱明訓垂千古，大義《春秋》是嫡傳。

【此言闢異端如討亂臣賊子。是乃《春秋》之義，孟子、朱子之訓也。】

舞干終底格頑苗，正必制邪德勝妖。

白日中天魑自遁，嘉禾盈畝莠何驕？

但令大道能昭揭，會見淫辭却漸消。

吾黨儻知斯義否？溫綸早下聖明朝。

【此言欲闢異端先明吾道。聖主每以此意誨勅，吾儒當仰體也。】

闢詖距邪聖旨微，如今胡反被誣譏？

名之怪鬼翻成欛，指以禍心巧設機。

豈謂太分賢不肖？自誇能幻是爲非。

可憐渠輩終無益，畢竟公言定有歸。

【此言今世以闢邪者謂之怪鬼，又曰禍心使不得見容。夫怪鬼之目，自有來歷，本謂君子太分賢不肖也。禍心云者，小人幻是爲非，以害君子之伎倆也。惟其如此也，故鉗制一世，雖有憂憤之心，莫施距放之功，可歎也。然人之視己，如見肺肝，則何益矣？】

橫流砥柱儘堪奇，可惜猶多有所爲。

長札豈眞不得已？通文終是以其私。

縱須劈割嚴夷夏，未必躬親執鼓旗。

此事難容毫髮爽，勸君細讀紫陽辭。

【此言今之闢邪者動輒爲長書往復，又爲通文以自標榜，終未免於有所爲而爲也。朱子有言曰：「豈必披甲執兵，親與之角哉？」此又不可不知也。】

昔在壬辰之亂，西山大師休靜杖劍進謁，宣廟命爲八道十六宗都攝攝。而率其門徒及他僧一千五百，會于順安法興寺，助天兵戰于牧丹峯，斬獲甚多。克復京城之後，以勇士百人，迎大駕還京都。宣廟有贈詩曰：“東海有金剛，雄賢幾鍾胎？高名山斗仰，今世是如來。”又有御畫墨竹障子賜西山詩曰：“葉自毫端出，根非地面生。月影雖難見，風動未聞聲。”休靜敬次曰：“寂照非千世，虛靈豈入胎？金剛山下石，大小自如來。”“瀟湘一枝竹，聖主筆頭生。山僧香爇處，葉葉帶秋聲。”弟子惟政等，以教旨與衣鉢藏于頭輪山大芚寺，乃是入寂時遺囑云。當宁癸丑，因湖南僧上言，命西南道臣詳探事迹，許其建影堂賜額，南曰表忠，西曰酬忠，命官給祭需歲祀之。又親製序若銘，以甲寅四月八日揭于祠中。其七世法孫碩旻，以其韻徧請于士大夫，余亦敬和三疊

仁天祐福國，高釋謝凡胎。
雲漢昭回處，忠臣聳後來。

西山映寶墨，孤竹倏天生。
颯颯清風起，如聞紙上聲。

慧劍元消沴，靈根不染胎。
阿誰國賴活？天遣異僧來。

聖恩天下絕，孤竹筆頭生。

萬古西山寺，蕭蕭如有聲。

西山奮忠烈，孤高似墨胎。
法孫藏寶墨，流映暨雲來。

聖主嘉忠勇，恩波筆下生。
西山孤竹節，千古樹風聲。

爲省墓在汾津，未卽肅謝掌憲之職。許遞後，借騎鄉牛而還，有吟

偶作楸鄉客，忽叨柏府除。
諭書旋不下，軍職遂依初。
乘馹成烏有，騎牛却自如。
涓埃無報答，年老愧才疏。

除日以崇陵典祀官，在典祀廳，逢立春

除日立春節，東陵典祀廳。
今宵神一氣，此地護群靈。
測候葭莩動，齋明黍稷馨。
應知德在木，金母揖裙靑。

祀官

祀官陪祭物，庖手出京城。
造果依圖式，裁泡備炙羹。
綸頒嚴賞罰，齋潔竭忱誠。
畢禮仍封餕，還從鳳闕呈。

元曉罷祀後，卽馳四十里還，尙未明

罷祀心猶敬，迎新望欲迷。
中宵驅匹馬，遠樹聽初雞。
列炬群鴉散，驚人怪鳥啼。
今年好守歲，耐睡到城西。

己未元日

春風忽報破祁寒，病裏逢新却浩嘆。
身世自甘歸櫟散，功名還羨夢槐安。
絳人甲子今猶遠，白傅艷陽且莫殘。
五十九年何所事？近、雩隨意共童冠。

【樂天詩曰："半百過九年，艷陽殘一日。"】

貧女詞【恐亦自況】

東家有處女，世族簪纓巨。
幼習任、姒訓，長慕孟、桓語。
德言兼容功，勤謹以自處。
家貧嫁不售，深閨度寒暑。
三十始適人，蹤迹還齟齬。
箱匳冷無光，萬事皆辛楚。
舅姑少愛憐，娣姒多疑阻。
無以買歡心，婢僕亦怨詛。
賦命寔不同，有善孰見許？
微勞且自勉，幸不被叱去。

鷄雀行【必有爲而作】

衆鷄得食爭且逼，觜啄距逐唯其力。
有雀群飛噪而踔，來雜鷄中恣意食。
鷄反與之同周旋，無惡無忌如不識。
同類自相强蔑弱，異類更若愛施德。
所厚所薄太不均，奪此與彼良可惑。
問鷄胡不啄彼雀？ 鷄不能對雀鼓翼。

樊巖蔡相公【濟恭】輓

移孝爲忠矢一生, 身經寵辱不曾驚。
扶來義理日星煥, 鼓出文章燕、趙聲。
間氣韓公眞大節, 東山謝相屬升平。
昭融契遇傾千古, 軒冕當時未足榮。

又【代人作】

交分兼將戚誼全, 識公大節自童年。
惟其孝子忠臣備, 是以樊巖相國賢。
萬化對揚三畫晉, 兩朝恩眷一身偏。
民情可見爭來送, 執紼都門雨泣漣。
【聞市民奔哭, 又自願執紼云。】

通禮院吏來言余爲右通禮, 曉當具朝服入闕云。 而無以借得, 遂以病免【時上親享于皇壇, 翌朝當省牲器故也。】

春雨寥寥掩蓽門, 鴻臚新拜吏來言。
衣冠僕馬俱難借, 病裏虛孤聖主恩。

以典祀官，在懿昭墓典祀廳，時適大風

風動萬木中，號令虛空出。
譹譹以于喁，衆竅相咬叱。
嚴威之所及，微草亦戰慄。
廓濟忽寂然，四山如有失。
自作還自已，始終難豫必。
孰能主張是？茫茫靡所質。
豈眞大塊噫？章、亥莫窮詰。
或云虎嘯冽，聲氣相應疾。
吾聞古聖賢，坐致千歲日。
至理迺費隱，欲言未易悉。

自戊午冬末至己未春，毒感遍行。人言“自大國而始，死者甚多，乾隆帝亦崩其疾。遂越我國地境，旬日之間，直抵京都，人無得免者，而公卿以下死者十二三”蓋沴氣劫運也，詩以記之

二儀漭轇輵，氣或有邪沴。
發爲生民害，種種非一例。
兆眹見災眚，浸淫崇疫癘。
縱云誰昔然，未有如今歲。
非瘟亦非疹，彌天網無際。
强名曰輪感，難以一言蔽。

旬月遍天下，驟如風雨勢。

公卿及黎庶，死亡日相繼。

遠近報有司，動以千百計。

布麻絕市廛，棺槨窀葬瘞。

酷慘甚兵革，凶險過鬼厲。

宛經一浩劫，滄桑閱此世。

傳聞自大國，始初尤多殢。

餘波及左海，所向厥鋒銳。

借問孰主張，而使運氣盭？

三朔乃稍息，理數杳難諦。

百姓遭瘡痍，瞻仰仁天惠。

瑞日消氛祲，時雨好樹藝。

麥熟又禾登，庶更無困弊。

寄語燮理地，殫竭胥翼勵。

己未立夏始花偶成【二絕】

昔人寒食詠飛花，立夏今年始見葩。

料得東皇辭盛滿，故敎炎帝領繁華。

老夫呻囈過三春，忽喜花枝照眼新。

多謝東君憐寂寞，殷勤留待病蘇辰。

自開花至落花雨不止

花開雨始作，雨霽花已落。
一年春光雨中過，使我不得片時樂。
噫世間萬事皆如此，達人能知命數各。

與洪判尹【周萬】拈《希庵集》韻共賦

但使吾心靜，何嫌市語喧？
友疏憐管、鮑，巷陋學顏、原。
霄鶴恒思遠，林鴉每喜昏。
隣居來往熟，一徑破苔痕。

伏日洪判尹邀與拈韻同賦

丈人同巷許襟期，佳節招邀厚意垂。
荒誕德公穰磔後，詼諧方朔割歸時。
蒸炎頓失三朝雨，老病渾消一局棋。
乘醉欲還山日暮，穿林笻屐不嫌遲。

人有賦闢邪行者，乃次之【大關世教】

《山經》、《職方》多記載，未聞西洋在宇內。

梯航雖復窮殊域，狐魅詎敢累昭代？

邇來邪學染左海，坐令倫彝入盲晦。

從風奔波氣味際，躍馬贏糧才俊輩。

貴賤混淆禮失分，男女雜亂德聞穢。

洪流汎濫孰決排？荊棘滋蔓難芟翦。

厲階主教作窩窟，禍首購書入邊塞。

惑世誣民遂至此，空令志士增歎嘅。

最是弗祀滅厥廟，問爾其有三年愛？

萬古四海皆兄弟，遺親後君曾無礙。

頂禮誦呪眞至妖，好死惡生尤絕悖。

亦知聖世所難容，厭然外擠心不悔。

儒名墨行甚穿窬，小品瑣調溢闤闠。

<u>白蓮</u>、<u>黃巾</u>有前鑑，異日安知禍不再？

聖主但欲人其人，任他揚揚廁簪珮。

此輩政好反醜正，指以禍心其可耐？

《春秋》有法亂賊誅，《大易》垂戒慢藏誨。

青丘不意入淪胥，白簡何人激慷慨？

無奈陰長陽卽消，謾思賢進邪自退。

安得廓清慢天徒，大明吾道元后戴？

次柳進士【光鎭】四一帖韻【四一謂詩書棋酒也】

世人熙穰摠嬰情，此老身心獨也淸。
憑詩遣興幽愁失，須酒澆胸磊磈平。
閑忙閱盡書中劫，勝敗從他局外評。
四一還如六一號，廬陵無乃是前生？

金通川【復光】輓

心契曾將世誼兼，交情水淡兩無嫌。
簷花細雨巴陵酒，槐市春風太學鹽。
一壑煙霞輸管領，二城符竹著公廉。
金蘭官樹蟬聲咽，病裏不禁老淚霑。
【金蘭，通川別名。金卒于通川任所。】

又【代人作】

壽近稀年性任眞，東南鳧鳥太平辰。
可憐缺界無圓事，乙卯帖中少一人。
【時乙卯同庚九人，修稧作帖，題名賦詩。而金其一也，先他人逝，故及之。】

哭李懷仁【趾馨○二首】

鸞停螟式穀，槐蔭竹曾分。
心思明涇渭，才猷理糾紛。
訓家寧染俗？仁族實超群。
稀壽人間促，青山杳白雲。
【李有繼後子】

偶藉昏姻故，幸攀晚暮交。
有時登白堞，隨意到青郊。
談笑窮曛旭，慇懃設酒肴。
從今無所適，終歲坐書巢。

七月二十三日處暑洪判尹宅，拈唐律韻共賦。時清風適至甚快

背郭堂高爽氣新，蒼林礙日隔紅塵。
愁城忽破憑歡伯，酷吏纔過見故人。
空使壯心羞白髮，任教才子樂青春。
清閑富貴難兼得，不必揚雄賦《逐貧》。

上以七月二十一日皇明顯皇帝諱辰，詣皇壇，行望拜禮，命移構敬奉閣於壇西，奉安自高皇帝至顯皇帝誥勅。賦近體一首，以識尊王之義，命參禮諸臣賡進【代人作】

一理難誣萬折濤，偏邦帝力頌秋毫。
洪恩再造滄溟闊，大義重明苑閣高。
從古彷徨傷彼黍，至今忠憤矢同袍。
吾王肯構尊周地，更命齊賡寶韻刀。

八月聽鶯

八月鶯聲聽更新，清嬌百囀勝如春。
應嫌暖日隨群鳥，特占寒蟬以後辰。

秋日

秋日多黔雺，秋雨苦霪霸。
圃邊夫須欽，階下決明淫。
樹葉就黃落，點滴似悲泣。
客子理短裳，坐愁道路澀。
萬籟日益厲，百蟲行且蟄。
却思春夏節，顧惜何由及？

天地有生殺，譬如呼必吸。

義和鞭六龍，騰驤不可縶。

丈夫生斯世，虛老已六十。

寄語有志士，及時宜樹立。

重陽洪判尹宅，拈老杜《九日》韻，共賦成二首

四序頻移軌，重陽復把杯。

緣愁顏早悴，羞覓菊遲開。

晚計閑應足，朝班點幾回？

古人十月會，不妨又重來。

【是歲九日菊不開】

雅契仍同巷，佳辰每共杯。

如何九日會，不見一花開？

落帽人空憶，題糕夢却回。

葱臺聞試士，誰得奪袍來？

【是日上親臨瑞葱臺試士，將賜第。】

十月爲重陽會，復拈老杜《九日》韻

今年十月重陽會，病後無心陟彼臺。

軒當老樹人三坐，籬傲寒霜菊兩開。

雲煙底意頻移幻，鴻燕因時自去來。

詩酒令嚴君莫緩，紛紛黃葉似相催。

余過隣家，有室中菊，有簷底菊，有庭前菊。其在室中者悅茂照爛，簷底次之，庭前乃潦倒欲萎絕。菊一也，隨其所處之地而其不同如此，感而賦之

盆栽屋貯剩凌寒，十月黃花勝牧丹。

籬下數叢風雨裏，可憐憔悴不堪看。

朴大諫稚教【長嵩】**見余賦三層菊，次成三首，各賦一菊。余又次之**

親於几案遠風寒，爛熳相輝點《易》丹。

誰道凌霜眞苦節？借人煖屋供人看。

【右房中菊】

簷深不受曉霜寒，數朶影窓出日丹。

占得地高生色易，上堂賓客最先看。

【右廳上菊】

晚節孤高肯畏寒？籬黃交映岸楓丹。

殘叢數蘂眞堪貴，倚杖幽人不厭看。

【右庭下菊】

又步前韻謾吟

欲學延年菊水寒，不妨呼作壽民丹。

幽香晚節山人趣，肯許尋常俗子看？

病後

幽愁澒洞太無端，病後扶筇倍覺難。

歲暮天機還似我，一番風雨一層寒。

李大將【敬懋】挽【代人作】

壽過稀年又慶餘，戎壇卿月映金魚。

容儀竦直超凡態，質行操修播美譽。

聖主獨嘉孫抱略，時人皆識郤敦書。

風颰雨泣靑門路，大樹蕭蕭拂轊車。

十二月念後，偶誦朱子《答陳同父書》，有感而成

嘗觀紫陽書，奉告老兄陳。
迂滯又懶拙，杞菊爲經綸。
更過五七日，便是六十人。
我恨未摳衣，悵望隔千春。
今年倏已暮，舊景宛此身。
三復感且愧，虛老迫六旬。
却羨村秀才，尋數丈席親。
殘書尚在案，工夫每因循。
恁麼死了底，畢竟同灰塵。

庚申元朝

蹔瑗六十化，良由欲寡過。
我今愧古人，但學袁安臥。

又

聖人耳順衛賢化，悵望千秋謾一吁。
博士公孫羞曲學，河南白傅窄前途。
入門道眼聊當返，理屐春山未要扶。

晚悟退閑差可擬，火銷燈盡酒宜沽。

【公孫弘六十擧方正，召爲博士。白樂天詩：“六十河南尹，前途足可知。”
蘇子瞻詩：“先生年來六十化，道眼已入不二門。紛紛華髮不足道，當返
六十過去魂。”白詩又云：“不準擬身年六十，上山乃未要人扶。不準擬身
年六十，遊春猶自有心情。”我今悟已晚，六十方退閑。火銷燈盡天明後，
便見平頭六十人。】

月正元日，上命幷擧元子冠、嘉、册三慶禮，仍除宮僚。臣民蹈舞，八域惟均，敢以一詩敬寓抃賀之忱

岐嶷元良繼聖神，儲宮正位履新春。
幷行三禮冠嘉册，初拜群僚贊輔賓。
楓陛頌騰山萬歲，梨園歌奏《月重輪》。
鷄鳴鶴駕爭延頸，斂福應知錫厥民。

遣悶

西城供客眼，白屋俯青郊。
不解長隨俗，仍成廣絶交。
歸牛知舊徑，噪鵲喜新巢。
近日多無食，居然似繫匏。

洪判尹【周萬】挽【三首】

淳容善性得之天，圭角由來貴渾然。
京兆中樞八座秩，聰明強健九旬年。
香酥壽閣隨恩澤，珠唾幽棲富什篇。
梧竹剩留鸞鵠峙，德門餘慶故綿綿。

爲是幽隣近接芳，尋常格論最聞詳。
忘生徇欲存深恥，因試容私戒後殃。
此事古人曾所罕，歷觀今世孰能當？
塵生客榻茶煙歇，獨立寥天秖自傷。

忘位忘年許過從，微公誰復起余慵？
飛觴共醉憐寬禮，拈韻聯吟愧銳鋒。
山日每斜看奕簁，林風時送賞花筇。
那堪轉眄成陳迹，依舊春來細草茸？

湖西紀行【一百韻】

湖西海美縣，去京三百里。
再從四昆季，竝居一壑裏。
而我獨離索，悵望隔山水。
爾來數十年，欲往貧無以。

今春得歸便，勇決不移晷。

身外更無物，蕭然謝行李。

晡渡銅雀津，暮宿栗林趾。

凌晨策羸馬，川谷互靡靡。

華城忽入矚，粉堞列千雉。

逶迤萬石渠，盈陂水浩瀰。

前臨大有坪，御路平如砥。

荷洞挹幽香，梅橋訪新蕊。

蒼梧靄雲橫，松柏鬱乎美。

聖孝卓百王，諸臣承明旨。

橋舟歲一幸，于今十餘祀。

經營壯關防，形勝聞遠邇。

北聳長安闉，南通八達軌。

雷動四方民，輻湊百貨市。

虎鶡列健校，綺羅炫遊妓。

彫樓與畫閣，顧眄勞點指。

行出柳川岐，遲遲如將俟。

緬焉懷聖德，灑涕不自已。

山川漸遞易，回首惜移趾。

越畿邃入湖，曉發昏則止。

野曠渡略彴，岸疊凌岋嶬。

新院苔碑蒼，霅橋漉土紫。

夜雨響崇朝，獰飆仍怒起。

谷巖吼方裂，卉草戰欲死。

松橡相摩戞，亂鳴雜宮徵。

有嶺入雲蠱，其名曰大峙。

穹石懸絶壑，飛瀑穿縈蘠。

危磴幾百折，羊腸無乃是？

攀援步步艱，骨節覺戢戢。

披藤輒長嘯，遇巖頻暫倚。

況復溯孔傿，吹倒失冠履？

昏黑到上頭，逆旅幸在此。

呼酒解飢渴，頹臥萬慮弛。

商賈集如蜻，無禮何誅爾？

諧謔間謳謠，亦可徵俗俚。

平明據山頂，四郊入俯視。

萬象駭心目，浩蕩何戡眚？

偉哉造化翁，遊戲恣譎詭。

邑號信不爽，有城環以枳。

穰穰赴虛人，爭先誰所使。

負戴事亂玷，騙刁期倍蓰。

齊民固有欲，各自圖生理。

覽茲悟物情，因以忘憂悝。

跋涉甘辛苦，迂回任邐迤。

他鄉花樹會，相看面面喜。

親朋多逢迎，兒童能拜跪。

歡笑眉暫伸，談論掌頻抵。

海近亦山深，煙霞似散綺。

平塢樹戟攢，長郊村櫛比。

暮筐收溪蔌，朝市買江鯉。

競邀歸其家，肆筵或設几。

遊衍竟日夕，兄弟序以齒。

愴舊含凄其，綏履勉樂只。

顧我命奇窮，有子而無子。

達觀亦何傷？初不繼考妣。

反思孤子甚，況又今老矣。

形影空相弔，起居孰可恃？

且欲稍慰意，匪直爲絕祀。

秀也已成童，粗能通文史。

和厚絕畦畛，孝友爲基址。

溫溫君子德，宜爾受百祉。

遂拔衆子中，佇期式穀似。

幸得吾弟憐，聞言即日唯。

以汝歸洛棲，始叶心所企。

達識資經籍，課業授筆紙。

行先治身心，學毋尙口耳。

沈重愼言動，恭謹遠辱恥。

事爲須勤詳，服食戒華侈。

副得名與實，任他譽或毀。

苟能體不忘，庶幾泰傾否。

初來同敎婦，家道自此始。

行看從孫子，先祈釐女士。

永念家素貧，棲屑屢遷徙。
矧我不及人，疏拙斷無技？
服非牽車牛，田未秉耒耜。
閉門但讀書，甚矣不自揆。
生有原憲病，死乏黔婁被。
徧國無立談，狷狹甘卑鄙。
初志嗟日負，流光似逝矢。
衰晚謬通籍，實慙學優仕。
天曹猥乘馹，霜臺誤冠廌。
藍田玉生煙，墨綬終朝襹。
城西傲蝸廬，依舊呼庚癸。
殘書送日月，數畝種菊杞。
不知髮已絲，嘮嘮妄自擬。
鹽車踶駑駘，天衢騰驌驦。
一世皆梔蠟，握齪無友紀。
自足貢黼黻，何須辨亥豕？
楦麟已成俗，雲鶴反見訾。
寒門泯名號，熱官赫姓氏。
向背惟時勢，下及竈間婢。
我性至濡陋，有聞未行咫。
胡能慕大鯨？但自保螻蟻。
古人貴安命，微妙固難揣。
勉旃樹家業，無使遂中圮。
福善理不差，所恃蒼者彼。

華城

霧罷風輕小雨餘，華城朝日駐征車。
訪花亭壓長安堞，如意橋橫萬石渠。
園寢入望淸御路，關防成邑簇人居。
微臣每過偏多感，聖孝應徵太史書。

我兒

湖西遠涉正春時，花樹歡情慰久離。
自憐有子還無子，却使君兒作我兒。
候門解助衰年喜，課業仍忘舊日悲。
莫笑籝金無所遺，吾安何似世人危？

雨

霏霏初正寂，滴滴漸能鳴。
侵曉流仍色，因風灑却橫。
花傾猶大耐，燕濕亦斜輕。
斗覺前溪近，坐堂聽水聲。

《大學》、《中庸序》，皆朱子六十歲所作也。靜夜誦之，感而有賦

淳熙己酉月維春，《庸》、《學序》文詔後人。
我雖誦讀嗟無得，虛送光陰到六旬。

除黃山察訪，辭朝日口占

先王恩遇若偏臣，報答涓埃未有因。
今日又辭魂殿去，丹墀淚盡此何人？
【是歲六月遭國卹，八月蒙恩除故云。】

赴任途中

湖船憶曾渡，嶺路又今賒。
借問黃山驛，何如藍浦衙？
明時甘蹭蹬，暮景苦飛斜。
處處殊謠俗，壯遊亦足誇。

到黃山

忽來蟬樹驛，似是馬曹官。
竹缺生清瀨，簾開入碧巒。
歲華如許易，客味故應難。
幸免憂民社，休辭檢駱驒。

又

南來喟雨復呻風，到得黃岡天欲窮。
峽束長江千丈疊，路臨絕壁一條通。
兒童迭出疏籬外，吏隸爭迎萬竹中。
自愧郵官無報答，且同村老樂年豐。

偶吟

折腰五斗督郵纏，邊驛秋風動墅哀。
鬣者吾知為馬也，喟然余不負丞哉。
百年多病心情弱，千里離家歲色催。
盡日無聊書咄咄，消憂勝瘴強銜杯。

以馬故苦惱多端，詩庸排悶

南邊殘驛事尤殷，職是攻駒敢舍勤？
萊譯達裨長織路，燕輢倭宴每空群。
太僕牒關如有怒，上營督迫不勝紛。
庭趨雁鶩文堆案，署尾時時到夜分。

因山日志感【是日於邑衙，行望哭禮。】

因山此日水城陽，遺澤於戲不可忘。
蟻蟻微忱嗟莫展，曉風北望淚千行。

可嘆

無奈頭邊白髮何？少時樂事夢中過。
緣何老眼常含淚？爲是平生悲哭多。

途中卽事

遙程良杳杳，一馬劇蕭蕭。
柳列村容富，天長鳥意驕。

晚雲如弄岫，春水欲浮橋。

老病難行役，裁詩强自謠。

又

信馬仍成睡，却忘雨點衣。

溪清魚色淨，村遠樹容微。

無數行人競，有時獨鳥歸。

漁樵渾作侶，山店趁斜暉。

峽路

側身踰磴任高低，細路迂回北又西。

魚怯澗清生亂浪，馬疑泥濁試前蹄。

看雲忽失青山色，穿壑時驚怪鳥啼。

野店隔岡尋却遠，竹松重被暮煙迷。

夜雨

夜雨如相欺，乘睡暗霏霏。

曉看花淚濕，紅亞最長枝。

挽李判書【鼎運】

按藩威望舊，司寇寵恩新。
豈意翻歌《薤》？ 却思昔買隣。
酣吟無俗態，談笑有天眞。
忍復將何語，慰公鶴髮親？

偶成【必有爲而作】

藉草斟浮蟻，臨池翫躍魚。
世多求玉衒，人或怒舟虛。
死矣盆成括，賢哉太傅疏。
靜中無俗事，還復閱牀書。

燒筍

燒筍朝朝味不凡，每教廚婢適酸鹹。
督郵自笑清貧甚，千畝胸中未療饞。

次日哦亭韻【二首】

酌酒銷愁愁不銷，夕陽眺望自清朝。

繁花密樹倉庚好，脩竹長堤叱撥驕。

卷裏友人千古近，天涯爲客一身遙。

賢祠草沒雲臺古，鷗鷺清江悵返橈。

【日哦亭南有賢孝祠，北有孤雲臺。祠爲鄉人建，臺有崔孤雲古迹。】

鯨海妖氛久已銷，逸蹄無用聖明朝。

耕耘處處偕烏犉，遊獵時時擁歇驕。

竹繞長江分興趣，松標孤節供逍遙。

清宵慣聽漁歌響，素舸月中閑動橈。

倭館

和倭本意靜邊陲，戍館羈縻自昔時。

驟見服裝驚詭異，忽聞言語訝侏離。

分廛趁市鉤商貨，把券當壚勸客卮。

焉得將如忠武智，直搶巢窟任鞭笞？

臨鏡寺

鷲棲山北石千層，臨鏡寺中數十僧。
古木陰森紅日礙，回峯遮擁碧江澄。
林凝梵唄禽驚夢，磴挂藤蘿客怯登。
小坐危樓成獨酌，不妨歸帶玉輪升。

途中有感【辛酉】

遙望點點白，散在山巃嵸。
謂石初不移，疑人更似動。
又聞山鳥啼，音韻巧宛轉。
或如自呼名，旋若學俚諺。
始知耳與目，皆隨一心變。
心苟有所向，物乃無不眩。
聞見尚如此，何況思慮馳？
氷炭交義利，黑白迷公私。
所以聖人戒，操舍謹毫釐。
書此告靈臺，日夕若嚴師。

歸家

經年嶺外飽吟呻，今日歸來亦有因。
清洛碧嵩長繞夢，疏籬瘦井忽驚眞。
却看妻子愁仍在，獲近觚稜痛更新。
稍待秋風還復去，只嘆薄宦解縻人。
【先大王練祥在近，故第六云。】

回甲日志感

曒照門弧入默想，居然六十一春秋。
幸霑俸祿嗟何及？謾誦劬勞淚不收。
我亦當年存一樂，誰知此日抱千愁？
餘生事事惟茹痛，弓劍雲鄉歲又周。
【余生時正當日出，故首句云。然只是月適值先大王練祥，故末句云。】

嶺南樓【樓在密陽】

華構高臨粉堞開，坐如天上石爲臺。
栗林遠野眼前闊，巴字澄江軒下回。
斜陽漁艇孤煙杳，清磬招提萬壑哀。
三復退陶題壁句，欲追餘韻愧非才。

通度寺【寺在梁山】

尋源曾不費躋攀，寺在蒼松翠竹間。

驚耳急雷逢怒瀑，占基平地似深山。

塔藏佛骨相傳異，巖染龍漦尙驗斑。

更讀希翁黃絹語，此行剩得破愁顏。

【寺在平地。僧言：「塔藏如來頭骨，故爲禪宗。又創寺時，將塡淵建法

堂，淵有九龍故曳出之，巖尙留斑。」寺中有碑，是希菴蔡彭胤所撰。】

**通度寺有壬辰、丙子《忠烈錄》。僧言每於俗節，列祀諸賢於樓
上**

壬丙諸賢百世風，高名磊落揭琳宮。

山僧亦解酬忠節，一體四時祭祀同。

秋望

清秋落日上高臺，白水蒼葭活畫開。

對酒莫敎詩令緩，片雲應遣雨相催。

落日西望卽事

蒼波落日小舟閑，上有千尋倒影山。

一穗孤煙搖曳處，漁人吹火荻花間。

矗石樓【樓在晉州】

矗石危樓倚沉寥，客懷何事劇蕭條？

靑靑竹色橫今古，決決江聲咽晝宵。

絶壁有心千仞峙，浮雲無迹一天遙。

遺碑屹立猶生氣，義妓忠魂若可招。

【壬辰晉州城陷時，妓名論介者，盛容飾坐於臨江絶壁上。群倭悅而爭赴
之，妓曰：“若非而上將來者，吾不從也。”於是其上將聞之喜卽來，乃與
之對舞，遂抱其腰，轉于絶壁而死。倭旣失上將自潰，晉州得復。樓卽其
地也。樓下豎碑，記其忠烈功績。】

玄風館

夜久客無寐，樓高思不窮。

長天流皓月，此地是玄風。

雲散群林出，鳥棲萬籟空。

飛泉清起我，更踏落花紅。

海印寺【寺在陝川】

海惟無盡印無停，寺占伽倻佛有靈。
地壓三千圓覺界，閣儲八萬大藏經。
煙將遠瀑凝清磬，物象奇巖繞翠屏。
最是孤雲多異迹，僧言笙鶴尙疑聽。

入紅流洞，欲題名旋止【洞是海印寺口】

題名處處石無虛，我欲效顰又却徐。
看來便似邙山葬，後世何由辨某書？

辛酉冬殿最，監司金履永置之中考，曰"頗有瑣謗"

殿最抑揚似有魔，誰知殘驛作謗囮？
流言吹毒嗟無極，偏聽生姦可奈何？
歐老已徵脣不掩，貉稽休怪口茲多。
蒼天在上神明質，榮辱升沈一任他。

罷歸戲吟

藍浦纔百日，黃山亦朞月。

此心前後同，焉往不三黜？

【此下有《讀香山詩》七絕一首，在板⊠⊠。】

十月季女成婚，十二月新郎夭逝。余在嶺外聞之，慘慟不自忍

哭死由來不爲生，我今哀死以哀生。

死者無知長已矣，其如吾女可憐生？

其二

嶺外纔聞旭雁嗔，那知一去更無蹤？

若使君魂入我夢，暫時猶得識顏容？

寫懷

老怯登程遠，病知束帶難。

從今休薄宦，閑臥忍飢寒。

【此下有壬戌元朝七律一首，在下板。】

上元點馬，余不出視，點罷驛民入辭【上元點馬，古例也。而余將歸故不視。○壬戌】

上元點馬但聞聲，獨掩梅窓理遠程。
十七驛民齊下淚，從今依舊吏縱橫。

行十里至花渚橋，驛屬皆辭去

廳童廚婢曁村夫，惜別人情淚落珠。
橋頭駐馬暫回首，爲語新官勝似吾。

路傍石佛頭戴大石冠

丈三彌勒佛，長立古橋頭。
石冠應太重，何不暫時休？

義狗塚【善山江邊路傍有小塚，前有碑曰義狗塚。相傳云：昔有人被酒臥此地，狗守其傍。忽有野火燒來，狗號而挽其衣，終不覺。狗乃走江邊，浸其身以來，以尾亂點四傍草。又連往來霑灑，草盡濕，火不得逼。久而後其人乃醒，見狗罷而死於傍，義而瘞之。】

嗟乎義狗塚，千載有遺碑。
狗能爲主死，人可不如之？

臥堠

植立指人路，長時不暫休。
歲久飜成怠，委身臥壟頭。

壬戌季秋，乃睦上舍回甲也。以季秋祭禰之禮於其生辰行事，有詩志感。乃步其韻，聊以寓余懷焉耳【睦上舍允中，字景執。】

先賢遺禮克追之，孝子誠心自撫時。
風樹愴懷孤露久，霜天將事季秋宜。
弧辰每值猶深慕，花甲重回倍益悲。
三復君詩增我感，却思前歲倏星移。

偶見明人詩，有曰"窮向君平問卜，病從扁鵲求醫。卜云無官大吉，醫言勿藥最宜"。有味乎其言之也！乃因其言而演成之，以補其不足之意云爾

窮何須問君平，病不必求扁鵲。

從吾好自無官，任天命便勿藥。

讀香山詩有感【當在《罷歸戲吟》之下】

來歲年登六十二，古人詩句卽今辰。

可憐頹景西山薄，結髮事文謾苦辛。

【白詩云：“今歲日餘二十六，來歲年登六十二。”東坡詩云：“我今六十一，

頹景薄西山。”又曰：“結髮事文史，俯仰六十餘。”】

壬戌元朝【當在《寫懷》之下】

今年六十二翁云，千古奇談但耳聞。

昌化夢驚蘇內翰，蠻溪威振馬將軍。

心情多少遊春興，俯仰依俙結髮文。

靜坐不知門外事，好觀滏岫出晴雲。

【馬援之征五溪蠻，子瞻之謫昌化，皆在六十二歲。又白詩云：“心情多少

在，六十二三人。”蘇詩云：“結髮事文史，俯仰六十餘。”】

客有言“人有作《歎老詩》者，和者頗多”，故余亦次之

此身老可惜，斯有歎老詩。

請君莫歎老，且進眼前巵。
少亦不足喜，老亦不足悲。
晝夜無停機，逝者諒如斯。
川上詔後人，吾師有宣尼。
人生日趨死，主張竟是誰？
多見罹殤夭，尠克享期頤。
真似醢甕鷄，孰效蓮葉龜？
所以喜三樂，帶索歌榮期。
而我生雖晚，幸丁太平時。
奚但四五十？無聞儵已耆。
一事靡所就，百病恒不離。
錯應衆客笑，廢讀兩睫眵。
非禪心亦絮，羞人鬢又絲。
寢食嗟轉減，跬步苦難移。
人情傷衰朽，豈不時自噫？
然有大可幸，乃於吾心宜。
囂塵厭視聽，安用聰明司？
僻陋學靜坐，不須馬牛馳。
失睡或溫故，恃鬻聊救飢。
自然增動忍，何妨有忘遺？
好對門垂柳，喜看孫覓梨。
經義尋究得，世情閱歷知。
大道乃如彼，至樂孰過兹？
仍能絕世念，曾無蹙吾眉。

秋晴送遠鴻，春舒迎朝曦。

有時頗無聊，杖藜隨所之。

逢人懷暫敍，眄柯顏亦怡。

常恐志氣惰，焉用功名為？

天地亦無常，萬籟不同吹。

山川尚變遷，道路有險夷。

顧以樗櫟散，兼愧蒲柳姿。

固宜漸濩落，安得長葳蕤？

譬如日月行，東隅倏西陲。

縱揮魯陽戈，終知不可追。

浮生難得老，物理定無疑。

敢嗟衰顏凋？猶幸化日遲。

且睹餘生樂，能復幾年支？

為詩以相答，覓紙一呼兒。

癸亥春，讀樂天詩，因其語而自歎

白傅曾嘆頭雪白，假如醒煞欲何為？

心情多少在耶否？我欲言之還不知。

【白詩云：“六十三翁頭雪白，假如醒煞欲何為。”又曰：“心情多少在，六十二三人。”】

遣懷【自敍仍慨世】

光陰隙駟忙, 居然六十三。
已過蘧瑗化, 差遜張燾[5]慙。
雪白誦樂天, 氣紫聞老耼。
人事閱歡戚, 世味飫苦甘。
皮皺學瘦媼, 頭童似瞿曇。
憶者年富時, 欲語淚自含。
結髮事文史, 自任許大擔。
甘旨期寸祿, 庶不負爲男。
此志竟未遂, 風樹痛何堪?
爲貧晚通籍, 罔非聖恩覃。
督郵周年黃, 分符百日藍。
枘鑿固不合, 竽瑟難幷參。
望秋愧蒲柳, 需廈羨楩柟。
暮境供逍遙, 城西數間菴。
門靜有古意, 客至無俗談。
列堞張畫屏, 群山繞翠嵐。
矯首雲悠悠, 倚杖水淡淡。
縱未今世諧, 猶自古書耽。
飛躍玩鳶魚, 毛絲蹟牛蠶。
眞猶芻豢悅, 難窮河海涵。

---

5 張燾 : 저본에 '張壽'. 《古今事文類聚》에 의거 수정.

春草茁空庭，秋月照寒潭。

舊業信未忘，奧義敢言探？

夢裏鳴幽鳥，度外馳塵驂。

洛中有故事，序齒曾盍簪？

傳像司馬公，與會盧河南。

千秋空悵望，此言誠癡憨。

世曠剖璞明，人多買瓜貪。

燕雀附炎熱，狐貉輕弊襜。

不待出門行，路難默已諳。

孰質語矛盾？休問人矢函。

且抛名與利，聊樂和且湛。

獨寐也何傷？永矢空谷谽。

風送玄鶴警，煙迷碧柳毿。

一曲太平歌，幽興在半酣。

【宋耆英會張燾[6]詩，有"更懃七十是新年"之句。唐九老會河南尹盧貞、
宋耆英會司馬溫公，以未七十俱與會。】

弸雲臺

西臺聳出石寬平，白日青春富洛城。

玉輦繞花清躕靜，朱樓遮柳遠煙輕。

---

6 張燾：저본에 '張壽'，《古今事文類聚》에 의거 수정.

何村桃李高門擁，是處林泉獨樹明。
細路回筇餘興在，浮雲入望却愁生。

【是日上幸毓祥宮】

花月

月色花光正好時，憐新惜別競追隨。
花如長在月長滿，未必人人愛至斯。

挽權友【齊彥〇二首】

古心誰子似？今世獨余知。
邵老嗟盧老，羲之有五之。
煙霞湖上供，事業卷中期。
下壽猶相靳，難窮造化兒。

江湖從古主人難，暮境逍遙剩得閑。
知君種德留餘慶，翠竹碧梧峙鵠鸞。

睦大諫【萬中】重回宴

南星輝耀錦筵紋，雙壽重牢世罕聞。
昔癸亥爲今癸亥，新郎君是舊郎君。
榮同錫命隨恩澤，誠竝追先奉芯芬。
餘慶德門應未艾，碧梧鸞鵠舞紛紛。

梨花落

爛熳春深屋後梨，飛來片片逐風吹。
兒童不識梨花落，驚道雪花大似棋。

偶成

虛送光陰老病侵，平生氷薄又淵深。
奇緣有友留黃卷，至恨無人識赤心。
敢冀聖賢君子道？難明天地鬼神臨。
蓬門寂寂稀來往，時聽松風撫素琴。

萬景齋十景

金城一帶壯長安，粉堞麗譙占地寬。
誰把畫屏千萬丈，擺開當戶使人看？
【右一帶粉堞】

碧瓦參差間白茅，環城撲地亘平郊。
遊絲白日多佳氣，滿眼成文似衆爻。
【右極目人家】

三山特立意如何？佳氣兼將秀色多。
最是雨收雲捲處，青天洗出碧嵯峨。
【右天外三山】

雜樹城頭摠不根，形形色色異朝昏。
可憐物理眞如許，高處偏疏下處繁。
【右城上衆樹】

層城隱見萬松巔，對闕南山應壽躔。
每夕明烽三四點，坐占邊警絕狼煙。
【右終南夕烽】

雨過天晴山色森，朝來嵐氣爽人心。
秀峯自是淸高極，紫陌紅塵不敢侵。

【右仁王朝嵐】

華嶽峯尖似畫圖，松林蒼鬱石容癯。
突兀精神端重象，萬年宜爾鎮王都。

【右白嶽特立】

青天送目駱岑東，秀出五峯杳靄中。
料得化兒多戲劇，权開仙掌倚遙空。

【右道峯五秀】

天長鳥遠不勝閑，橫帶斜陽向碧山。
焉得高如彭澤令，共觀雲岫倦飛還？

【右駱山歸鳥】

圓嶠登臨四望通，傾城遊客不謀同。
三三五五相携處，也有詩人有醉翁。

【右圓嶠遊人】

婚日見新婦有吟

爲是婚姻故，將兒遠涉湖。
聽聞非不足，疑信未能無。
一見知佳婦，餘年慰老夫。

更祈荷餘慶，掌上弄明珠。

歎老

吾無他愛愛遊觀，老病邇來自發嘆。
縱幸向平婚嫁畢，其如杜衍鬢骨寒？
心思泉石徒虛遠，夢繞雲山只暫閑。
坐看終南移白日，孤松亦足供盤桓。

歷洪州見季女志傷

室邇人何去？思長夢亦遲。
可憐吾女在，孑孑欲依誰？

白鷺詞

一雙白鷺飛靑天，意在何山何水邊？
優閑之極仍似倦，長空杳杳殊超然。
下視林薄多羽族，翾飛小爭還可憐。

志悔【心中悔恨形於詩詞始此】

默檢平生謾自噫，言言事事悔何追？
違天強欲慰窮獨，行路全忘防險巇。
昔我不曾今我異，無心還作有心疑。
祇應炯戒存臨履，莫以殘暉迫崦嵫。

日光入窓映壁，園林弄影奇絕

樹林漏日入窓窺，枝葉搖風弄影奇。
恍惚雲煙光閃爍，人間活畫乃如斯。

苦熱【託喻】

夏日不可暮，令人愁盆老。
當空火傘大，滿地炎海浩。
無計逃命全，何處安身好？
況復蒼蠅多，侵昏自晨早。
吮嘬羹變味，點污衣失皓。
集筆劍欲拔，萃鬢心尤惱。
無賴巨扇揮，安得大帚掃？
夜深些涼生，少冀舒煩燥。

其苦反有甚，通昔憂懆懆。
恣嘬沸蚊䖟，迭侵騰蠍蚤。
或云化坌埃，復道生茂草。
微物爲人害，誰能卽誅討？
爬搔不停手，無由開懷抱。
鷄鳴一何催？旋又出杲杲。
奚但苦炎蒸？重以困霖潦。
而我素憚暑，衰境尤愁倒。
疾病轉侵尋，形骸已枯槁。
執熱未逝濯，終恐不自保。
乞借層氷脚，願作寒水藻。
何當迎颯飆，正氣肅霜昊？

新移葡萄作架，胡瓠蔓其上【託喩】

新移葡萄根，仍作葡萄架。
葡萄未成蔓，胡瓠來相借。
芽鬚始綿延，枝葉終陵駕。
爛開黃金花，結實亂相亞。
偶因一時勢，張王遂自霸。
葡萄反見蹙，却縮如被罵。
豈意龍珠帳，遭爾減名價？
意氣雖互奪，榮華亦暫謝。

霜風一夜打，竈婢抱蔓下。
慎護葡萄根，第觀明年夏。

偶吟【二首】

文章那得救吾飢？帶索行歌乃分宜。
明月不嫌幽谷照，清風還入蓽門吹。
人情自是隨貧富，天理元來有盛衰。
未必君平能棄世，百錢猶滿捲簾時。

其二

終年無客到幽居，山鳥飛啼樹影疏。
末可奈何今世事，秖應尋繹古人書。
南軒迓月宵移榻，小圃栽蔬晝課鋤。
此老生涯元淡泊，癡兒莫怒食無魚。

峽中夜行

衆星波底動，孤月馬頭新。
峽裏針如水，村邊樹似人。
桑麻皆雨露，商賈亦經綸。
夜久宜投店，年來厭問津。

白玉【二首】

玉出荊山天下奇，色無查滓質無虧。
偶被青蠅留點污，世人皆謂有瑕疵。

青蠅爾計亦云疏，莫謂欺人自有餘。
白玉元無纖介累，一朝拂拭便如初。

從軍行

將軍殲敵獻奇功，名震朝廷爵位崇。
可憐無罪平民輩，盡入三千首級中。

民間雜謠【五首】

生民休戚係官長，選部如何選不公？
聞道佩符張蓋者，非因勢力卽青銅。

剝膚椎髓儘堪悲，看作公然肥己貲。
巧粧名色恣欺幻，暗地囑成善政碑。

監司考績足嘆傷，雪嶺墨池任抑揚。

街讟巷謠方疾首，評題上上等龔、黃。

寒門冷迹苴殘城，謹畏爲治溢頌聲。
此輩不妨仍罷逐，特書下考表嚴明。

繡衣霄漢立青春，聖戒諄諄八路均。
畢竟只憑私好惡，暗行廉察摠非眞。
【故事監司每年季夏季冬，褒貶道內守令。或無下等，則承宣啓以爲"殊無嚴明殿最之意，請推考警責"。】

科儒雜謠【五首】

兀兀焚膏飫苦辛，淬磨只待槐黃辰。
如何選擬考官際，不覓公心有眼人？

君房借手紫微皆，考試今朝應擇差。
心則不公眼不識，强言詩賦一無佳。

場屋行私有法科，奸隨法起可如何？
豫題呼授情非一，刀刮字標術亦多。

場分一二試分員，子弟觀光每互遷。
比及榜時無不得，苟非換手詎能然？

八路設場俾各觀，鄉人奔競盆堪嘆。
輩財尋逡前期至，爲囑銓家買試官。

【近聞舉子與試官有顏私者，方其呈券也，必展其試紙高揭，向廳上呼書
吏使受之，則試官已見其上面矣。此所謂呼授也。】

惡少年

挑達長安惡少年，衣裳楚楚也堪憐。
無時揳瑟兼吹竹，著處屠牛且割鮮。
打人劍市鬥爭地，飲酒娼樓歌舞筵。
袒跣馮陵爲底事，相携白畫橫青錢。

遣懷

患氣不知夏，宜人最是秋。
力稀猶撫壯，影靜亦容愁。
好惡英雄涕，安危宰相籌。
喧卑違養拙，深擬進歸舟。

有生必有死，死非所惡也。故不用他韻，只押死字【三首六韻】

老境惟求安，人情亦惡死。
與其心不安，不若身遄死。

人慾老逾深，物情衰便死。
誰言愛欲生？直是日催死。

我昔怪他人，或聞有欲死。
而今大覺之，所苦甚於死。

都下少年，逐日船遊，酒食之盛，女樂之奢，動費萬金

行樂春秋好，招邀意氣豪。
江飛競舟楫，草亂炫衣袍。
酒爲宵筵益，歌因舞袖高。
近聞西北火，聖主獨憂勞。
【時西北營下皆大火。上遣使慰撫，又下胡椒、丹木等物以賙之。】

散愁

雲日遞明暗，雨風時妒猜。

竹新分戶映，樹老響秋哀。
獨夜愁誰語？遙書靜不來。
悠悠今古事，衰意強傾杯。

草蟲

蕭瑟新風吹作秋，草蟲鳴在壁間幽。
通宵切切緣何事？渠是天機我自愁。

月宵

山月疑霜雪，良宵思殺人。
有書來古意，無客對吾眞。
揖讓風今絕，誅求俗久貧。
微吟成小坐，怊悵惜芳辰。

姜明初回甲宴

甲回絳縣亥，春返葉喬梟。
靜和瑤琴友，榮看綵服趨。
斯人淳厚最，宜爾福祥俱。

獨阻華筵賀，沈痾愧老夫。

【明初癸亥生。時任懷德，而來京第設宴。其子浚欽方立朝，且偕老故詩及之。】

余以《正宗實錄》編修官，與史局之役，吟成三首

設局營門屹，編年史事遲。
互讎憑閣錄，旁照謹朝儀。
筆削諸公在，是非後世知。
才難稱自古，三長定爲誰？

【史局設於桂洞龍虎營。閣錄，《內閣日省錄》也。】

其二
先王卄五載，至化蕩無垠。
美政遵成憲，嘉謨啓後人。
紀綱頻勵俗，綸綍輒憂民。
石室名山牒，永垂億萬春。

其三
不以孤寒棄，偏曾荷寵光。
溫音軫貧窶，拊髀詡文章。
末擬皆批下，疏蹤每拔揚。
微誠無地效，是役幸躬當。

【此略記蒙恩感泣之忱，而以得與於是役爲幸也。】

癸亥冬至後，始行酒禁，只禁買賣，蓋以酒家糜穀也。於是小民
雖稍戢，兩班家皆乘此而射利，可歎也

禁釀一遵《周誥》辭，朝家法意本無私。
如何酒肆當壚利，反作衣冠榷貨資？

偶吟

鬱鬱胸懷强自寬，呼兒獨酌不成歡。
疏籬破屋西城崦，短僕羸驂實錄官。
似酒年光從直瀉，如棋世事好傍觀。
塵琴久輟《峨洋》操，一曲試彈《行路難》。

除日悵然有作

今年止今日，斷送六十三。
明日是明年，屈指還自慙。
衆皆樂其樂，幸沾聖化覃。
餞舊復迎新，室家和且湛。

屠牛供烹炰，呼酒賭釅酣。
巷多靚粧女，街溢炫服男。
竟夜事娛戲，着處喧笑談。
驅儺陟驚鬼，分歲迭騰驂。
列炬爛柏椒，釘盤雜韭柑。
饋別待換桃，博塞催傾藍。
俗習難具論，流風孰眞諳？
櫟翁獨塊坐，殘燈寂小庵。
屠蘇且後進，文史憶曾耽。
逝川知無奈，貧病却自甘。
誰能事追隨？猶擬趁朝參。
今古嗟枘鑿，義理劇牛蠶。
迹畸守拙默，顔衰愧蹟探。
昔人曾祭詩，欲效恐不堪。

甲子元曉

爲是新元曉，鷄鳴起整巾。
尋常千世下，六十四年人。
道路艱難備，身心點檢頻。
優遊遲暮景，歌詠太平春。

又

耆英洛會畫圖傳，司馬端明最少年。

自慙賤齒空相等，想望千秋一悵然。

【溫公以六十四歲，參耆英會。】

又

默數行年却自吁，前賢遺躅孰能符？

子瞻文史懷秦、馬，君實耆英繼狄、盧。

生晚敢論追古昔？形枯只覺愧庸愚。

破瓜張泊衰羸白，樂命惟應醉玉壺。

【破瓜，年六十四也。呂洞賓贈張泊詩曰：“功成當在破瓜年。”樂天詩曰：
“行年六十四，安得不衰羸？”東坡、溫公事，皆六十四時也。秦少游、馬
正卿與蘇同庚。狄兼謩、盧貞以年未滿七十，豫唐九老會。溫公六十四，
用此事入耆英會。】

見上元月喜而有作

圓滿深黃大有徵，昔人詩句至今稱。

農占又驗元宵月，飽喫殘年喜不勝。

【車五山天輅詩曰：“圓滿深黃色，方知大有年。”】

靑雲

靑雲不與白雲同，强欲相親意未通。
畢竟靑雲歸幻境，白雲依舊在山中。

火災

壬戌孟冬春曹火，荊圍試士仍露坐。
此屋國初傳至今，焉知一朝逢災禍？
是後處處多此患，聞之驚歎心不安。
豐沛肇業咸興城，父師敷敎平壤京。
方伯馳聞九重憂，丹木胡椒卹殘氓。
社稷樂器又蕩盡，銖黍迷亂難更成。
癸亥季冬月幾望，大內當夜煙炎漲。
嚮明出治仁政殿，片刻忽逐灰燼颺。
萬姓奔走救無策，百僚蒼黃色俱愴。
甲子重三大霾風，鬱攸乘勢四方同。
最是關西諸殿慘，崇仁、崇靈曁校宮。
依山傍海幾萬戶，仳離失所哀彼窮。
載籍從古多記異，回祿降災皆有自。
魯濡帷幕景、桓救，鄭驗字融愼、竈議。
入井已徵警漢闕，叫譆徒勞陳宋備。
孽火驟急不可禳，着處高煙燋上蒼。

災殄實由政失平，咎應或在刑乖當。

爆聲烈氣雲漢紅，焦土可憐群黎忙。

八人無奈鬼先卜？畢鳥誰能文以逐？

積德累仁猗我朝，況又聖明今初服。

邪類廓清令聞彰，環海生靈咸拭目。

如何歲歲火爲災，南北東西爭報來？

不儉不節豈有由？曰天曰人摠可哀。

家家破膽向炎官，箇箇驚心同死灰。

緹顏襪股御緋蓋，畚揭綆缶還無賴。

我願祝融早悔禍，不祈四墉無攸害。

安得巧如魯班手，鬱起廣廈大無外？

士非爲樵也，而有時乎爲樵，蓋不得已也。彼業於樵者自幼至老，所事惟此。而若士則早歲種學績文，將以壯行，及其年衰而志倦，則混於漁樵，聊以優游卒歲。吾於鄭友致大見之矣。故名其齋曰晚樵，而爲余言之，余惜其老而憫其意之有符於余，乃貽以詩

繞屋蒼林隔軟紅，此翁晚計伴樵童。

長歌一曲無人和，只有前山響應空。

山家稀客日如年，中有幽人罷午眠。

松下拾樵茶竈淨，稚孫吹起一條煙。

詠海棠花

紅英間綠葉，春日自生光。
却嫌蝴蝶到，羞作百花香。

史局往來之路，被兒童戲侮偶成【二絕】

羸馬殘僮强入城，百鞭一步惱中情。
群童欺我爭相戲，故作前呵後擁聲。

憎爾挑兮在闕城，公然侮弄底心情。
自憐臺職十年後，復聽通衢喝道聲。

史局【十絕】

桂洞中間龍虎營，於焉設局會群英。
正宗二十五年內，實錄編修摠責成。

史事摠裁任大臣，諸堂分校筆刪頻。
郎廳只管翻謄役，選得三司數十人。

群書考据纂修爰，《日省錄》兼《政記》存。

筆削果當詳略否，一通凡例各分門。

諸堂每日集芳園，文任名高內閣尊。
最是戚臣隨國舅，游龍流水哄騶喧。

編修校正苦難精，苟不勤勞曷有成？
諸君莫謾爭閑話，幷力齊心各盡誠。

每夜輪回直一郎，獨留小吏伴虛堂。
阿誰頻替他人入，無馬無僮劇惱忙？

頭白汗青自古云，我朝百事但虛文。
史局開來經四載，十分未及兩三分。

疏蹤每憶受知多，國事無那鬢髮皤？
況是先王終事地，於斯不盡更於何？

白頭强逐少年叢，今世嗟無敬長風。
秖將眼鏡防昏翳，低首緘唇但奉公。

史役年年不暫閑，自憐朝往復晡還。
一條屈曲<u>西門</u>路，橋樹肆簾摠慣顏。

樹枝蔽南山斫之

爲見南山好，斫他庭樹枝。
清宵倚樓處，得月最先之。

悔

有生斯有事，事過卽有悔。
苟有毫釐差，動致丘山悔。
所以聖人戒，言行寡尤悔。
而我性狷介，早夜期無悔。
但恨學力少，頃刻輒惹悔。
一言與一行，何處非追悔？
緘曰如金人，猶且不免悔。
守身如處子，終復自底悔。
愧乏先事智，反貽終身悔。
強欲慰窮獨，違天理宜悔。
苦難測方寸，昧人勢必悔。
凡此百千事，未有不成悔。
不堪向人道，惟應在心悔。
懲前倏忘後，已悔旋復悔。
胸中長留在，何時無此悔？
秖應死無知，永謝人間悔。

風雨【托諷】

大風中夜作，如驅萬軍馬。
吹得急雨來，直注復橫打。
屋茅與窓紙，無一獲全者。
朝來試騁眸，滄桑幻山野。
喬木自折拔，繚垣盡坼撦。
圃中衆蔬果，蕩殘隨礫瓦。
道路失故處，欲行迷高下。
哀此小民苦，詎矣坐大廈。
飛廉及豐隆，敢將天威假。
谷岸恣翻覆，剛柔任取舍。
嗟乎勢所使，已矣免者寡。
稍待涼冷後，出遊憂以寫。

苦雨【亦寓諷】

五月至六月，未有不雨日。
雖或見天日，旋復雲霧密。
滂沱聒耳鬧，衝射因風疾。
花果摠顚倒，蔬筍亦蕩失。
大地驚淪沒，銀河疑漲溢。
蛙黽紛鼓吹，鳥雀盡讋慄。

一任谷岸幻，休恃星月出。
萬象渾陰翳，百爲仍昏窒。
上帝恒深居，下情何由悉？
雷公與電母，乘時恣呵叱。
三時開大笑，閃倏態非一。
群黎亦何辜？蕩析亂無秩。
斗米費滿鎰，束薪易全匹。
朱門炙可熱，哀此掩蓬蓽。
況復牀牀漏，沾濕不暇卹。
墻壞且莫說，乃至掀臥室。
縱值他日晴，葺理那可必？
默思道多窮，因念秋無實。
艱難但自傷，玄妙孰能詰？
塊坐百憂集，澒洞難具述。

失貓

豹直俄纔返，烏圓忽不留。
得非遇犬獲，無乃爲人偷？
跳戲思才捷，依隨惜性柔。
甕間舞鼠輩，坐看誰能投？

立秋

潦盡長空廓，立秋風颯然。
有時天際鳥，底意樹中蟬。
雲氣渾蕭索，山容倍潔鮮。
秖憐明月夜，未遇伯牙絃。

睦景遠與洪稚行、睦景埶、崔碩章，夜會賦詩。余追聞而步其韻

愧我吟詩倦，憐君秉燭遊。
幽尋城外巷，高倚月中樓。
愁以琴棋遣，官仍老病休。
徘徊歲暮意，空望李膺舟。

其二

詩豈拘聲格？杯應隨淺深。
蕭疏風短髮，清瑩月空林。
已墜青雲志，誰憐《白雪》吟？
優游聊卒歲，實獲古人心。

又次景遠見示韻

佳景寬閑地，孤懷寂寞中。
遠峯能吐月，高樹易鳴風。
詩律頻驚座，跫音忽喜空。
老知隨衆好，深願出門同。

其二

易知三逕宅，難破五言城。
細草看棋坐，疏林帶月行。
隣兒摠相慣，山鳥更無驚。
暮境追隨樂，眞堪送此生。

又贈七律

磬濱年老謾棲遲，古貌古心世孰知？
步盡千篇工部韻，閑消一局夏黃棋。
浮榮已謝塵羈外，晴賞都收遠眺時。
衰境卜隣堪慰意，洪厓況又數追隨？
【磬濱，景遠自號。洪厓，稚行。景遠近次杜律韻將盡之，故首聯及之。】

景遠、景執用杜韻同賦寄示，聊次以答

但使心寧靜，何妨宅市城？
汗青歎頭白，眼暗喜天淸。
敢謂勞王事？深羞學世情。
君來還我往，相與樂時平。
【右屬景遠】

昔欣蕟倚樹，今賞璧連城。
襲得草堂色，移來開府淸。
思多頻有夢，地闊似無情。
稍待西江暖，扁舟駕浪平。
【景執在西江○右屬景執】

卜居

卜居山井上，城市有林皐。
平挹終南翠，晴看細石高。
僻村渾忘鬧，空谷自疑逃。
童稚亦何事？時能賒濁醪。

乙丑元曉

鷄鳴斗覺歲維新，默數行年愧古人。
清洛詩傳眞率會，廉州夢罷翰林春。
畸迹漸如離樹葉，衰容元似下坡輪。
近聞邦慶傾前後，擬趁朝班拜紫宸。
【溫公六十五，爲眞率會賦詩；東坡六十五，自昌化移廉州。樂天詩云：
"行年六十五，走如下坡輪。"今年以大王大妃殿聖壽回甲，惠慶宮寶齡望
八稱慶，將行賀儀。】

春詞

先朝史局占名園，城闕春深瑞日暄。
職忝編修三載久，此身隨處摠君恩。

軍資監【余時爲軍資監正】

倉號軍資地勢尊，遠吞平挹占名園。
麻浦、漢江分作瀨，清溪、冠岳列當軒。
高柳亘圍馳馬逕，妍花粧點遶堤村。
龍驤鳳鷽亭猶在，泣望先王御幕痕。

聾瞽

目昏復耳聾，遂作一癃翁。
靜聽疑風裏，晴看似霧中。
刮篦寧有術？懸鏡亦無功。
塵事渾相忘，天公餉我豐。

史局往來之路，備嘗艱苦，因於馬上口占，略舉其概

三年來往夕兼晨，十里囂塵劇苦辛。
壽進坊頭驚破塊，貞陵洞口怯焚輪。
交衢易犯軒輊客，隘巷偏逢醉酗人。
最是玄黃憐我馬，跌橋旋濘阽危頻。

曉行見出日

山擁蒼茫際，天開黯黮中。
掃他雲葉黝，浴出日輪紅。
一理元無外，千秋定有公。
靜觀皆自得，玄化暗流通。

斜日欲眠

簟涼神倦午鷄餘，目忘庭花手忘書。
溪響鳥聲相雜處，居然送我入華胥。

又

北窓一枕日將西，遠岫微茫近樹迷。
雙睫半交神漸醉，綠楊黃鳥夢中啼。

萍蓮

新蓮纔出水，池面浮如錢。
復有浮萍密，不分萍與蓮。

寄磐濱

梅雨頗泥巷，春雲自覆城。
不尋吾友久，如忘比隣情。
柳密藏烏暗，花殘見蝶明。
近纔休史役，清簟聽棋聲。

贈淡所洪稚行【克浩】

垂楊遮望眼，微露是君家。

藹藹雲爲態，依依月吐華。

交情淡如水，奇氣鬱成霞。

洛會元眞率，前村酒可賒。

次《喚月亭》韻

層榭危臨碧漢潯，氷輪呼出入疏襟。

光從暮靄開時樹，寒透幽人立處岑。

吳子輕盈仙斧響，玉妃媒妮海宮深。

煩君更喚清飆至，靜夜應聞龍一吟。

自嘲

職稱以正莅軍資，天下宂官孰若斯？

船收萬斛初無與，料散千人了不知。

藍丞剩笑訾謷地，范老多慙寢計時。

聞道貶襃修故例，大臣執筆欲何辭？

日因宗會, 族大父雙檜翁謂余曰："交河瓦洞乃吾丘墓之下, 世居之地也。今後屬零替寒寒, 不能世其業, 吾用是懼。迺與里中諸族謀, 自入學至成童, 咸立程課業, 月三聚講, 以賞罰善不善。於是諸族人, 或文以勔之, 或詩以揚之。汝亦言。"余曰："意甚盛且遠也, 吾宗其自此蔚然振乎。雖然, 有始必欲有終, 有名必欲有實, 苟有始而不克有終, 則如無其始; 有名而不克以實, 則如無其名。斯舉也言足聽聞, 人皆將曰'瓦洞之後輩且有溉根食實之效', 豈不誠美矣? 而吾懼其實之不如其名, 終之不如其始也, 盍相與勉旃?"遂謹次軸中之韻曰

幽村頗似董生居, 兀兀宵燈讀古書。
更要成就後生輩, 先立課程蒙養初。
英材日進心應樂, 講席旬開會不疏。
莫道義庄能廣惠, 教經今日較何如?

六月十六曉月食, 各司長官皆救食。余亦出往軍資監, 賦卽事

瞽奏猶傳救食名, 香煙細裊燭雙明。
池蛙亦識爲公義, 閣閣爭鳴和鼓鉦。

李參判[秀夏]挽

觀公古貌識公賢，呼酒論文憶昔年。
白髮江湖閑宰相，青蘿煙月老神仙。
肯教物作身心累？遂把名超毀譽牽。
遺後以安天可必，鵲停蘭茁慶綿綿。
【李公居保寧青蘿洞】

江閣雨後

雲捲山如洗，風過水益光。
紫騮嘶且齕，白鳥倦還忙。
萬物皆流動，一機孰主張？
儘知無可奈，吾亦任蒼蒼。

呈磬濱

可惜明時老此翁，身心羞與俗流同。
囂塵忽遇清談散，宦業俄隨午夢空。
愧我最忙秋雨曉，羨君高臥北窓風。
疏簾半局輸贏理，都付迫然一笑中。

聖痘歌【并序】

痘之爲病，是人所一經者也。而或有旣壯而值此，則尤難爲。蓋閭里間輪行者，而未嘗敢入九重之深嚴。我朝三百年，至肅廟朝，始有痘候。旣平復，八域慶賀。維時游齋李公玄錫作《聖痘歌》以揄揚之。又百餘年，當宁復以斯疾，一旬卽瘳。茲乃國家再有之慶，而其症候之平順，又閭里間之所未有，則環東土數千里，鼓舞歡呀之情，蓋難以言語形容也。時以國衈，先行告廟宮之禮、賞諸臣之典，而遲待虞卒，乃稱賀大庭，播告八方，從大辟以下，咸宥滌之。猗歟盛矣！賤臣於蹈抃之餘，竊欲追李公之意，步其韻以續貂。而第痘字乃去聲，而原韻押以上聲，又醜與醮字本同，而乃兩押之，難於酬次。故用痘之本韻以和之。歌曰：

周末秦初始有痘，一氣流行厥惟舊。
發出內熱形諸外，簡簡成瘡隨理腠。
斑脹膿痂有漸次，順逆疏密難預究。
對症衹可投藥劑，責效不容試針灸。
人生此世惟一經，更至百年終不復。
貴人氣稟殊下賤，壯熱充盛異嬰幼。
症候一或失常度，縱有越人應却走。
儘是世間大關嶺，積善幾家能得透？
幸無災害卽相賀，競萃親戚及婚媾。
茲乃閭里輪行症，詎敢窺犯靈沼囿？

始自肅廟而有斯，歲貞昭陽日會。

舉憂痾癢恣侵及，旋喜痂瘢好成就。

嘉乃柳醫生應時，肘後青囊神智扣。

宛見天和即遄復，坐教邪沴不敢售。

李公爲作《聖痘歌》，至今傳誦遺集鏤。

當宁乙丑仲春望，聖躬偶然斯疾又。

睿質自是金玉相，俗方不勞醫藥救。

內局縱許勤直宿，公車曾無滯章奏。

明珠抱日宛紅顆，甘露回天叶吉繇。

皇穹降祥百靈護，翼瘝洪慶理不偶。

休期已似蔕落瓜，昔疾今如雲捲岫。

惟憂夬釋殿宮慮，勿藥豈非祖宗祐？

維新寶命用申休，自今其基無疆壽。

俞、兪世業一何奇？柳家前後績最茂。

欣欣喜色動朝野，一春和氣濃似酎。

四百年來再有慶，是時宜軫功賞懋。

諸臣固自各盡分，聖念特嘉久承候。

相公國舅及提調，一朝恩寵增貴富。

田莊臧獲割地部，駿馬銀鞍出天廐。

庭中米布積如山，至于末隸分等授。

環賜嶺海繼空圄，大庭德音催司寇。

清禋廟宮曉告慶，奔走軒輅與介冑。

黃童白叟競鼓舞，遠邇歡聲溢宇宙。

盈庭賀儀曰姑徐，爲是嚴廬方在疚。

因封禮畢始播告，八域垢瑕咸滌宥。
春臺壽域物各得，千里山河明似繡。
淸朝無事講筵闢，只有群彦三晉畫。
恭己正南夫何爲？五雲高拱龍袞袖。
群情同慶大可見，國史書之應無漏。
小臣拜舞歌以頌，於千萬年我聖后。

七月六日

涔涔吟病臥窮廬，歊熱中人廢看書。
七朔縱云秋序至，初旬猶是夏威餘。
杜陵對食炎蒸苦，織女洗車夜月虗。
覓紙明宵將乞巧，儻能送與拙如余。

七夕偶成

今宵乞巧自前時，柳子以文我以詩。
乞者無窮巧有限，只應送與貴豪兒。

塞下曲【二首】

弓勁馬肥劍射牛，邊門殺氣暮雲秋。
平沙獨領三千騎，一戰擬封龍額侯。

其二

挺槍躍馬塞塵昏，直斬樓蘭滅大宛。
壯心不屑封侯貴，只是難忘聖主恩。

遣悶

寒齋愁坐雨紛紛，默念平生到夜分。
姿乏便嬛惟狷狹，學無成就謾勞勤。
於今絶矣《廣陵散》，誰復知之楊子雲？
只是君恩終未答，癡誠思獻野人芹。

謾興【二十首○寓諷慨世】

共賞花盛開，俄惜花已失。
不知綠葉間，還自有佳實。

群鷄食庭中，踥踥來衆雀。

鷄不啄其雀，但啄鷄之弱。

啄蟲鷄甚樂，不知貓傍伺。
狗又意在貓，磨牙勢方驚。

大道平如砥，舍之走捷徑。
棘露劇酸辛，顛磴又旋濘。

小夫誇有力，衆人畏如虎。
賁、獲不自言，笑受童子侮。

千金買駿馬，大道意氣馳。
忽然驚一躍，路人共嗟悲。

霖餘忽出日，村婦澣濯急。
俄頃復翻盆，狼狽悔何及。

貴豪陵老拙，待若鄉屯然。
借問君幾歲？渠父與同年。

貴家起大宅，乃是萬年策。
世事苦難期，人存室已易。

眷彼御覽樹，樹猶聖明遭。

借問何以致？只爲處地高。

富馬厭粟豆，貧馬齕敲蒿。
富馬發熱斃，貧馬猶在槽。

行人喜船快，舍馬乘輕潮。
石尤風兼雨，漂嶼滯三宵。

舟遇水中礧，坼裂以臭載。
後來帆相連，復蹈自取碎。

富人言乏錢，聽來殊可憐。
牟利與行賂，不惜千金捐。

松與櫟共立，株幹互出入。
繁枝縱不分，異葉終難合。

世人好言病，常若將死亡。
晝夜供美職，談笑騁遠方。

世人自稱懶，恒言不出門。
客造未一遇，日日朝及昏。

世人得好官，自謂意外至。

輿誦不可誣，令人却憖愧。

腴邑馱錢歸，甲第與良田。
對人却顣蹙，今番債累千。

試士秉黜陟，自謂無一私。
銅臭與關節，畢竟焉能欺？

可歎【四首○▨▨▨▨事也】

世無無父者，於今忽有之。
渠亦不之愧，人亦不之疵。

世無無祖者，於今乃有焉。
渠亦不之恥，人亦不之愆。

世無無君者，於今乃獨有。
渠亦不之羞，人亦不之咎。

周公制禮樂，孔子垂名教。
世道一至斯，空言忠與孝。

爲武科會試試官，偶記所見【二首○武技講書，上試皆主之，參試充位而已。】

文科已甚巧，武試復如斯。
公肆千岐囑，純行一段私。
後先惟意定，舒疾以時爲。
妙技好身手，孤寒謾自悲。

升沈只在講，扶抑費商量。
籤散眼要掩，章拈手最忙。
聽音仍左右，詢義豫低昂。
自有<u>山西</u>種，無勞涉遠方。

<u>洗劍亭</u>洗史草吟【二首】

<u>社壇</u>將事訖，仍出北城椒。
川挂山如坼，石高亭欲搖。
蒼崖飄幕帳，紅樹映驂軺。
半日成談笑，相逢摠舊僚。

朝日騎驢客，秋風<u>洗劍臺</u>。
名山石室秘，故事勝筵開。
滌草迎飛瀑，看楓把灩杯。

先王終事地，與宴愧菲才。

偶往軍資監，見戶郎與監察出來回倉

江上回倉故例依，度支憲府馬如飛。
計士暫同曹吏過，還言無事便旋歸。

臨科戲吟

謂我或參試，爭將關節傳。
心中無一事，都付華胥天。

風雪不覺

朔風吹雪勢崩奔，終夜颼聲恣怒喧。
睡穩老夫渾不覺，朝來始聽客來言。

詠雪

初如蝶亂更花零，籠却乾坤寂視聽。

泯然不復高深界，倏爾還成混沌形。
鴉誇全體分明黑，松失平生苦節青。
翻喜靜中無俗物，時時風過響茅亭。

又

白之極矣却疑玄，似霧非氛不辨天。
大界山河歸漫漶，行人道路失由緣。
幽村積玉孤煙出，衆樹開花一色連。
安得子猷超俗韻，剡溪月夜與同船？

立春

老夫吟病廢詩篇，欲作春詞意索然。
堪喜稚孫題小帖，今年文筆勝前年。

直軍資監，意極無聊，偶吟【二首】

四面倉廠鎖一身，軒雖高敞亦堪顰。
時向屋簷缺處望，紛紛鷺渡往來人。

客去吏休靜似禪，空軒無事抛書眠。

日斜夢覺悄然坐，默看群童戲紙鳶。

撥悶

世間多惑好漂搖，熱處善柔冷處驕。

老來強欲誇身健，富後猶思競市刁。

捨通趨窄皆鑽紙，求速無成摠揠苗。

秪有至人遺智巧，行吾本分聽天寥。

丙寅元朝

七旬欠四卽斯年，點檢此生自悵然。

清洛遊春追白傅，金陵告老想蘇仙。

無憂無喜眞堪羨，一笑一談却可憐。

稍喜新居幽且僻，耳聾眼暗斷塵緣。

【樂天詩：“七十欠四歲，此生那足論？”又曰：“五十八歸來，今年六十六。”

又曰：“遊春猶自有心情。”又曰：“無憂亦無喜，六十六年春。”子瞻六十

六，至金陵，告老致仕。】

途中

途上逢元朝，飢渴思所藥。
路傍多村肆，隨問輒見却。
今日是何日？賣食卽俗惡。
斯言果如何？似厚還是薄。
不顧他人困，但誇自己樂。
未若多受錢，分與以約略。

賀蔡尙書【弘履】入耆社【二絕】

嵬科稀壽又崇資，三者得兼事最奇。
曉日西樓趨拜後，春風畫裏識容儀。

仙家棋酒剩淸娛，獨遣新參任負趨？
三島十洲遊戲地，可能擔得局兼壺？

寄睦景遠

夫子不來我不往，居然閱歲隔儀容。
各因衰病成懶廢，豈以撓恩謝過從？
漆室能明流獨月，雪齋相守有孤松。

春曦漸永多閑思，隣巷無難理屐筇。

宅邊種五柳戲吟

五柳先生古有名，高風五柳至今清。
學種門前今五柳，多慙五柳古先生。

偶成

隨意開簾復倚楹，詩情已懶句還成。
暮雨斜時風輒引，薄雲罅處日偏明。
鋤茱慵奴逢友戲，索芻瘃馬見人鳴。
殘年飽喫今違願，不復山田學耦耕。

移拜右通禮，陪景慕宮春展謁

新春動駕百僚俱，通禮官麼老病軀。
景慕宮中纔竭蹶，賓陽門內又奔趨。
脚酸背汗猶能忍，胸喘喉焦直欲殊。
近侍休言榮亦大，此心惟恐陷于辜。

又

百折路長九級陞，那堪前導疾如飛？
陳力不能斯可止，從今歸臥篋朝衣。

詠富家翁

斯世男兒孰最雄？無憂只有富家翁。
鮮衣美饌居華屋，怒馬彫鞍命健僮。
朝野繹騷都付夢，田疇散布但占豐。
素封自是由天賦，百事勝人不換公。

又賦一首以薄之

薄情徇慾棄儒珍，爲富誰能戒不仁？
有酒何曾留好客？守錢未肯濟窮人。
利车龍斷計常苦，豐報蛇蟠眉獨顰。
子母殖銅惟恐失，惡言賺術督催頻。

寄南巷沈彥臣【廷秀】

門垂綠柳園開花，難忘易知沈氏家。
春色一年都管領，縱云孤寂亦繁華。

其二
病淹窮巷負芳辰，時揭南窓望故人。
獨樹分明遙照眼，君家花是我家春。

老逢春戲吟

看花眞是霧中疑，縱不分明也自奇。
更有鳥啼兼澗響，依微勝似未聾時。

十七夜見月而作

昨日初昏月入杯，今宵苦待始雲開。
勸君遊賞休思睡，後夜此時月未來。

其二
望前常恨月恩恩，望後只看曉月朧。
若爲晦望長如一，日落西山月又東。

其三

圓月通宵只是望，若逢陰雨便虛過。
可惜一年三百日，清宵明月苦無多。

有歎

旱乾祈雨雨祈晴，小或違心有怨聲。
料得爲天亦不易，如何慰滿率濱情？

其二

貧願豐年富願凶，用他私意豫占農。
畢竟到秋多歉歲，上天應只富人從。

其三

賣肉值暄漿值涼，窮人謀事每荒唐。
癡想不知渠命薄，妄疑偏酷怨蒼蒼。

其四

圖求科宦若狂然，覓徑尋蹊摠緝翩。
縱使得之皆有命，世人還謂善周旋。

其五

屠兒殺賊顯諸朝，嬰侮他人意氣驕。

畢竟犯辜還廢黜，暫時乘勢却無聊。

其六
名人後裔盡高官，搜擢何曾及草間？
若不擇材惟尙閥，盍將朱、孔布朝班？

其七
貴家子弟百無憂，生長豪華但戲遊。
釋褐公卿平步上，如其不得卽雄州。

其八
螢窓矻矻晝宵勤，幸得科名意暫欣。
銓家更不拈名姓，餓抱紅牌到白紛。

其九
貴勢犯科歸不辜，單寒無罪陷冤誣。
可惜漢家三尺法，低昂輕重在須臾。

其十
曰是曰非自有公，判如黑白不相同。
堪嗟後世無眞定，只在偏私彊辨中。

其十一
文章且莫遣人評，只係無名與有名。

自是不明懸眼鏡，何由得正在心衡？

其十二

無已非人聖訓尊，隱揚況又舜徽存？
君且莫言人有過，人言君過倍君言。

其十三

吾誠未盡是欺情，欲盡人誠勢不行。
但使吾能誠待物，自然人亦盡其誠。

其十四

深情厚貌易容私，不識人皆各有知。
自有肺腸愚一世，欺人堪笑似欺兒。

其十五

柱史藏名混世塵，爲谿爲谷葆淸眞。
當時若不逢關令，只是騎牛一老人。

晴雨不一

忽爾靑霄忽爾雲，雷轟雨打更晴曛。
天道有常猶若此，人情那不變紛紛？

天然亭賞蓮，時花已盡

蓮花成子已凋零，蓮葉滿池猶自靑。
秋風一夜催霜後，藕敗香殘只有萍。

贈睦景執

吾友文章士，平生活計疏。
關心收藥餌，隨意檢詩書。
暫放林翁鶴，聊乘邵子車。
相從遲暮境，且喜近幽居。
【時景執自西湖移居洛城，故五六及之。】

放吟

壺口碎盡擊未已，歌聲激烈胸輪囷。
有極言不敢吐發口，有赤心莫能披示人。
蠻、觸伏尸鷄鶩爭胡爲？子立直性丈夫身。
世人冷笑不數之，庸庸碌碌宜賤貧。
玉不自言但抵鵲，魚目燕石多希珍。
拂拭駑駘備上駟，天寒遠放鳴騏驎。
嗚呼萬事皆如此，自古無限草中淪。

自嘲

山裏孤棲似佛菴，食無魚肉口無談。
燈下顧看頭影禿，自疑身是老瞿曇。

不知窗外事

不知窗外事，臥愛老夫潛。
愁借酒時忘，懶因病後添。
晴容徵碎鳥，山氣驗疏簾。
淡食還清淨，盤中祇有鹽。

省墓志感

日暮烏林心自酸，斧堂入望淚汍瀾。
間關冒雨還忘遠，怵惕履霜豈爲寒？
村有新移渾薄惡，松餘舊植半摧殘。
默思後日空嘆息，筋力轉衰僕馬難。

無題

方其夢也恰如眞，覺後還同夢裏縋。
畢竟執眞而執夢？不如忘我又忘人。

多病

衰年多病臥涔涔，門掩孤村少客尋。
愼語用工還忘語，留心觀理似無心。
君平與世交相棄，皇甫於書久已洼。
莫道匣琴《流水》絶，俗人自是乏知音。

臘月都政後戲吟

朱門炙手觸晨寒，婢膝奴顏覓熱官。
畢竟好言翻作戲，不如雪裏臥袁安。

其二
巧言密迹自詫才，白日驕人夜乞哀。
無那升沈元有命？區區智力可能回？

其三

吏部尙書手秉銓，公家官爵自家權。
哈爾恰如大堤女，招人昏夜但憐錢。

其四

蹉成桃李物通神，天老時時不勝人。
億萬青蚨飛入處，驕嘶五馬滿城春。

其五

年來吟病蟄蝸廬，又見寒梅逼歲除。
早知賦命終窮餓，抛却科工讀聖書。

其六

寧塵三斗不墦間，此世那能占一官？
聞道上游多勝地，春船擬溯白雲灘。

述懷【六十韻○自敍言志】

昔在五六歲，能作五言詩。
敢謂語驚人？或詡幼小時。
七歲讀經史，嚴君作嚴師。
危坐膏繼晷，曾不輟唔咿。
字句靡錯誤，無煩折葽笞。

鞦韆及紙鳶，未嘗隨群兒。

八歲思稍長，詩文頗葳蕤。

庭教每裁抑，不以示親知。

名爲造物忌，況復體弱羸？

性且好靜默，俛焉日孳孳。

有如處子身，閨門不暫離。

十五無不讀，下逮又上窺。

篤究通大義，汎觀收諸辭。

訓常遵博約，志惟戒遊嬉。

最好四子書，爲是作聖基。

又喜晦翁言，服膺念在茲。

我生苦何晚，恨不親攝齊。

家貧又親老，弊廬劇寒飢。

才乏幹工賈，力難任耕犁。

惟彼功令業，庶爲祿仕資。

強欲效時粧，施朱復畫眉。

徒懷大小懟，其奈命途奇？

晚雖竊一第，已纏風樹悲。

寸祿嗟不及，爲子負恩慈。

進退俱無據，此心恒忸怩。

憶在先王時，雨露若偏私。

屢冠泮儒製，終擢親策詞。

聖鑑許文章，仁天閔窮疲。

末擬輒蒙點，輪對惟掩疵。

嗚呼庚申後，已矣萬事噫。

欲報永無地，中夜涕漣洏。

實錄忝編修，三載日奔馳。

是乃終事地，敢不盡心爲？

歲月不我與，倏焉迫崦嵫。

龍鍾世看醜，憔悴以棲遲。

固宜棄君平，翻思擺工倕。

窮巷對古木，門掩來者誰？

靜臥長如病，默坐眞成癡。

門外日紛紛，百轍復千岐。

人情劇弈石，世事似奕棋。

何辜彼小民，保携摠殿屎？

括此蔀屋愁，供彼肉食姿。

獨使至尊憂，外飾忍內欺？

吾生足可憐，幼學何所期？

顧念平日志，而今已差池。

稷、契敢妄許？原、澹竊庶追。

牟雉羨魯恭，殿虎歆器之。

關節不到包，塗炭肯坐夷？

蹉跎抱激烈，精消形亦衰。

誰先大夢覺，謾作俗人嗤？

七十何所求，閑散乃分宜。

情同負霜草，性存傾陽葵。

伏櫪心尚遠，銜蘆戒常持。

但恐死道路，未效居貧卑。
置之勿更道，命也復奚疑？
南山有松柏，難立桃李枝。
千仞飛鵷雛，度外嚇鼠鴟。
世情紛不齊，物性固難移。
聖主今在上，至治又皞熙。
歌詠以沒世，何須問生涯？

立春

寬大書頒慶惠施，洗心海內仰仁慈。
青陽左个居天子，太皞、勾芒占日時。
舊俗土牛兼綵燕，新盤生菜送纖絲。
侍臣最有迎春感，花樹何年賜一枝？

除夜

獨坐三更百感紆，頭童眼暗但長吁。
孤燈一點傍知狀，守歲今宵爾與吾。

其二

固知逝者自如斯，默算行年便忸怩。

從前無限好時節，泛泛悠悠何所爲？

丁卯元朝

世人辛酉蓋多焉，獨恨同庚識靡緣。
誰把十千沽一斗？秖看七帙欠三年。
閑來漸覺身心泰，老去偏知歲月遄。
平日讀書成底事，死生窮達任蒼天。
【樂天詩曰：“共把十千沽一斗，相看七十欠三年。”此蓋與其同庚，飲遊
而作也。余則不能故寓歎。】

正月初九日，乃上辛也。余以祈穀祭執禮，齋宿于禮賓都家，適值人日謾吟

執禮清齋宿禮賓，晴和先喜日丁人。
明夜上辛祈穀後，豐年儻獲用休申？

騎病馬戲吟

駑馬玄黃類病翁，騎來如坐弊船中。
戰兢不敢斯須忘，似助臨深履薄工。

次贈睦景遠

愛君姿古雅，憖我性慵疏。
幽竹長無改，虛舟聽所如。
病收囊裏藥，閑閱案頭書。
但幸酬仍唱，何論李與琚？

翼兒中司馬吟示

莫謂科名小，猶能繼乃翁。
始知天有眼，誰道世無公？
置散嗟吾老，振衰望爾功。
泮中多險隘，須着戰兢工。

放榜日入闕中，率翼兒歸

閑散無由近玉階，脩門不見舊朋儕。
傍人莫怪朝衣入，爲是家兒受白牌。

其二

父子相隨出禁闈，君恩到底似吾稀。
路人那得分誰某？簫鼓叢中好領歸。

【吾行無樂，聞於他人鼓樂而行。】

君馬黃

君馬黃我馬紫，我馬遲君馬駛。

朝發海山隅，振策擬竝轡。

君馬冉冉倏在前，我馬蹩蹩如相避。

一步二步漸相遠，路轉山回迷所至。

霜蹄騰踏去不顧，欺我駑中道棄。

僕怒却立鞭馬首，日暮途遠空歎喟。

嗚呼世間萬事不可期，君不見塞翁之子墮折臂？

除獻納偶吟

獻納司存清切地，不才虛忝聖朝恩。

傍人莫笑臺烏噤，此世無言勝有言。

又吟

清朝居諫職，欲語却瞿然。

討逆羞因襲，論人惡訐偏。

經綸無所用，政事敢云愆？
時義終難進，虛縻秖可憐。

遞納言旋拜左通禮，不堪陪導之任

供職衰難強，矧堪前導忙？
迫喉氣似線，透背汗翻漿。
吏喝悁兼鈍，人嗤老不量。
少年金紫客，緩步玉階傍。

有歎

五倫父子大，垂教自先王。
物則源百行，民德首三綱。
天屬以承家，世世奉烝嘗。
厥或有不育，繼絶而存亡。
與受徵文迹，啓聞遵彝章。
名義苟一定，則如親爺孃。
孰敢有依違，自犯大不祥？
噫彼無倫者，妄欲避不當。
焚毁乃祖筆，蔑棄禮部藏。
狠性任悖戾，遁辭倚剛強。

不識倫紀重，詬詈若尋常。
自甘投泥棘，反恥由康莊。
生民秉彝絕，聖世風教傷。
是謂難化民，瞽不畏禍殃。
世變靡不有，人心苦無良。
安得醫如扁，針頂起膏肓？
所嗟我無德，未能化其狂。
我家何不幸，眷彼湖之唐。
有後而無後，天理難可詳。
此事關家運，默念衰涕滂。

看雲

底意浮雲出？遐觀却可娛。
峯巒作氣勢，衣狗幻斯須。
散漫疑無統，堆屯若有圖。
會看風掃盡，休蔽日輪孤。

以痾疾呈遞通禮，又除納言。時值討逆大論，而不能自力，竟不免違牌。憲臺啓請刊削，允之。惶蹙自訟，乃形于言

通禮纔呈遞，納言又更除。

毒痾難自力，大論不宜徐。
欲起還仍仆，有懷竟莫攄。
削官眞薄勘，臣罪死猶餘。

從窗隙見垂柳搖風，憶泮中舊事

昔在泮齋時，夏日坐東軒。
前有食堂窗，隙隙明不昏。
垂楊列其外，枝葉嫩而繁。
密密日光漏，肺肺風勢掀。
凌亂長條拂，參差綠影煩。
顛倒若醉狂，卷舒似舞翻。
反是隱映好，勝似呈露渾。
日日看不厭，注目遺塵喧。
惟其性所愛，至今心不諼。
老病臥窮廬，風柳映破門。
誰將璧水樹，移來白郭村？
廣狹雖不齊，光景宛復存。
眞趣寓以目，幽興在不言。
曷以賞風流？賴有酒盈樽。
聊可心忘世，何須日涉園？
援筆謾成詩，難與俗子論。

遣悶

禍福靡徵善與淫，茫茫一理孰能諶？
覆盆已遠容光照，流水今難絶響尋。
逐雀金丸無定處，彈棋玉局不平心。
悄然坐數寒鐘盡，月朗天高急夜砧。

排悶

斜暉緣底急，流水爲誰催？
穀播旋仍穫，花飛忽復開。
賢愚環得失，名利電祥災。
使有仙今在，能無笑且哀？

物忌

物忌極秀異，言諱太高爽。
嶢嶢必缺折，皦皦易塵块。
甘井應先竭，苦李誰爭往？
所以君子道，不欲以身上。
閉戶鄒訓的，爭席周言瀁。
北塞歌折髀，中廄騰病顙。

300　無名子集

走麝能噬臍？高鶴自拔氅。

下笑眾魚鳥，紛紛投釣網。

至人不用名，守黑以自養。

寵辱無端倪，吉凶眞影響。

明哲我自蹈，轇輵天實掌。

難與俗客道，休作癡人想。

睦景遠見余所著《家禁》文，寄示二律，次之

人心苟一放，何處非攸之？

眾慾牿天理，千塗騁己私。

忝家寧復顧，抵辟亦無辭。

自笑區區意，回淳欲變灕。

其二

戒飭良悲苦，遵行定有無。

儘知韋可佩，敢謂廈能扶？

繼志逾衣綵，繩家邁紱朱。

祇憂紙上字，難禁後生徒。

又以一律示意

本擬示兒子, 那期瀆老兄?

稱揚何太誤? 聲望自來輕。

奉讀驚嘆遽, 尋思感愧幷。

休敎豪俊客, 疑怒費譏評。

景遠又次先[7]字韻, 兼示一律, 復次之

不持包拯硯, 安有薛濤牋?

蔬得驚神夢, 薪思照字燃。

自憐用心苦, 深荷騁辭姸。

雪意山齋夜, 高吟想聳肩。

【景遠詩, 有"痂楮劣"之語。蓋謂余私稿用還紙也, 故答詩及之。】

書《家禁》文後

文成《家禁》衆爭看, 只恐後孫却不觀。

舍己芸人空有戒? 賤鷄好鶩可堪嘆。

行違正路富非願, 心守徽規貧亦歡。

---

7 先 : 저본에는 '兄', 韻字에 근거하여 수정.

禍福由來求自我，戰兢盍念保殘寒？

大雪中，景遠又寄五古三韻，次之

山靈厭紅塵，故令白雪封。
猶有一條路，好友許相逢。
呼兒取村酒，澆此磊隗胸。

近日連日陰霧，或雨或雪，氣候乖常，謾吟

霧暗連旬苦不收，雨霏雪打使人愁。
青天未可披雲睹，白日惟應晦影流。
貍伺塒鷄乘夜舞，盜憎門狗傍籬謀。
陽春尚遠何時見？漆室孤吟集百憂。

臥聽村鷄戲吟

一鷄鳴又二鷄鳴，三四鷄鳴亂欲爭。
五六七鷄鳴不已，小鷄鳴後卽天明。

偶見

屈蟠與擁腫，木性豈如斯？
云何天下目，一見以爲奇。

詠富貴家四物【四首】

三四疏枝苴古查，小盆藏得畫屏斜。
莫道凌冬開冷蘂，君看盡在貴豪家。

【右梅花】

老松何事學栝梗？粧得翠屏看可憐。
未若茅屋幽逕裏，寒花疏竹却天然。

【右翠屏】

雕欄高架爛青朱，竭粟養鳩供翫娛。
聲局性淫何所取？不如仁理在鷄雛。

【右鳩架】

新粧萬卷汗千牛，儲在華堂淨案頭。
可惜平生不一讀，隣人借看亦無由。

【右書案】

偶吟

晝無來客夜無眠，塊坐窮廬送歲年。
安得子孫皆好學，咿唔不輟在吾前？

再疊

意到看書倦卽眠，心閑境僻日如年。
市聲遠處窓階靜，惟聽啼禽忽後前。

三疊

花笑無聲柳欲眠，山如太古不知年。
邇來閉戶鄉隣鬪，俗客敗人莫邇前。

四疊

一世波頹渾醉眠，功名利欲度年年。
笑殺市朝昏夜客，脅肩爭向貴人前。

五疊

可惜孝先但欲眠，光陰如電失芳年。
應知枯落窮廬後，悔不讀書二十前。

著者 尹愭

1741年(英祖17)~1826年(純祖26). 18世紀에 活動한 文人으로, 本貫은 坡平, 字는 敬夫, 號는 無名子이다. 幼年期에 文才가 뛰어나 집안의 囑望을 받았다. 20歲에 星湖 李瀷의 弟子가 되어 經書와 詩文을 質正받았다. 33歲에 增廣 生員試에 合格하여 近 20年을 成均館 儒生으로 지냈고, 이때 成均館의 모습을 그린 〈泮中雜詠〉 220首를 지었다. 52歲에 文科에 及第하였다. 藍浦縣監과 黃山察訪, 獻納 등을 거쳐 81歲에 正3品의 戶曹 參議에 올랐다. 纖細한 感受性으로 自身의 內面을 描寫하고 自然을 읊었으며 權力者의 橫暴와 兩班 社會의 不條理를 날카롭게 批判하였다. 또 400首의 〈詠史〉와 600首의 〈詠東史〉를 通해 歷史意識을 詩로 形象化하였다. 著書로 《無名子集》이 있다.

校勘標點 李奎泌

1972년 慶北 醴泉에서 태어났다. 啓明大學校 漢文教育科를 卒業하고, 大邱 文友觀에서 受學하였다. 成均館大學校 漢文學科에서 〈臺山 金邁淳의 學問과 散文 研究〉로 博士學位를 받았다. 韓國古典飜譯院 研究員을 거쳐 現在 成均館大學校 大東文化研究院에 在職 中이다. 論文으로 〈近現代 古典飜譯에 對한 一考察〉, 〈韻文飜譯과 그 體制 摸索에 對한 提言〉이 있고, 飜譯書로 《無名子集》이 있다.

圈域別據點硏究所協同飜譯事業 硏究陣

研究責任者　安大會(成均館大學校 漢文學科 教授)
共同研究員　李熙穆(成均館大學校 漢文學科 教授)
　　　　　　陳在敎(成均館大學校 漢文敎育科 教授)
　　　　　　李昑昊(成均館大學校 HK 教授)
責任研究員　姜珉廷
　　　　　　金榮植
　　　　　　李奎泌
　　　　　　李霜芽
　　　　　　李聖敏
研究員　　　李承炫

校正　　　　鄭美景

校勘標點
無名子集 2

尹愭 著 | 李奎泌 校點
初版 1刷 發行 2016年 12月 30日
編輯・發行 成均館大學校 出版部 | 登錄 1975. 5. 21. 第1975-9號
住所 (03063) 서울市 鍾路區 成均館路 25-2
電話 760-1252~4 | 팩스 762-7452 | 홈페이지 press.skku.edu
組版 고연 | 印刷 및 製本 영신사
ⓒ 韓國古典飜譯院・成均館大學校 大東文化研究院, 2016
Institute for the Translation of Korean Classics・Daedong Institute for Korean Studies

값 20,000원
ISBN 979-11-5550-201-3　94810
　　　979-11-5550-105-4　(세트)